Acerba Dor

Acerba Dor

Decio Zylbersztajn

REFORMATÓRIO

Copyright © 2017 Decio Zylbersztajn
Acerba Dor © Editora Reformatório

Editores
Marcelo Nocelli
Rennan Martens

Revisão
Margarida Soares
Marina Ruivo
Marcelo Nocelli

Imagem de capa
J. F. Almeida Junior, *Saudade (Acerba dor)*, 1899
Óleo sobre tela, Pinacoteca do Estado de São Paulo.

Ilustrações
Bertrand Costilhes

Design e editoração eletrônica
Negrito Produção Editorial

Dados Internacionais de Catalogação na Publicação (CIP)
Bibliotecária Juliana Farias Motta (CRB 7-5880)

Zylbersztajn, Decio
    Acerba dor / Decio Zylbersztajn. – São Paulo: Reformatório, 2017.
    188 p.; il.; 14 x 21 cm.

    ISBN 978-85-66887-26-6

    1. Romance brasileiro. 1. Título.
Z.99a   CDD B869.3

Índice para catálogo sistemático:
1. Romance brasileiro

Todos os direitos desta edição reservados à:

EDITORA REFORMATÓRIO
www.reformatorio.com.br

Para Zé do Ovídio (a lembrança)

Para Irene (a esperança)

Sobre mudanças:

"Ecdise: Mudança periódica de pele de certas larvas de insetos e revestimento calcário de certos crustáceos."

AURÉLIO

"Prefiro ser essa metamorfose ambulante."

RAUL SEIXAS

"O importante e bonito no mundo é isso: que as pessoas não estão sempre iguais, ainda não foram terminadas, mas que elas vão sempre mudando."

GUIMARÃES ROSA

Sumário

11 Acerba Dor

25 Cansado de Sangue

37 O Escritor

49 Troca de Pele

67 O Sétimo Ano

87 Na Linha do Equador

119 Tributo a Caymmi

131 O Último Homem de Macau

147 Mineira de Cordisburgo

167 O Chinês Dong

175 O Benfeitor de Santa Clara

Acerba Dor

Na Pinacoteca: Maria da Luz olhou para os lados temendo ser observada. Segurou a barra do hábito e, aos saltos, subiu os degraus do prédio. Parou na bilheteria e avistou a entrada que leva ao saguão central. Tudo ao redor lhe parecia familiar, "é como uma igreja sem santos", pensou enquanto seguia pelo átrio onde as esculturas a observaram. A luz zenital atravessava a claraboia e se misturava ao silêncio que ocupava o espaço. As pinturas, esculturas e as instalações convidaram-na a entrar no ambiente abusado e mergulhar no local profano. "Que ninguém me veja, *abyssus abyssum invocat*", lembrou-se das palavras da madre superiora ao subir a escadaria no final do corredor com os olhos metidos no chão, pulando os degraus com vigor juvenil. Só parou ao se deparar com uma escultura de Brecheret, cujos olhos de pedra a observaram lascivos. Luz contornou a escultura e subiu os degraus que levam ao segundo piso. *"Abyssus abyssum invocat"*, lembrou enquanto consultava o relógio. Ouviu vozes de crianças, mas não viu ninguém. Uma porta de vidro de folha dupla se ofereceu com instruções – puxe, empurre –, Maria da Luz empurrou e entrou no espaço da exposição, que a recebeu com a frigidez dos ares condicionados. As vozes infantis cessaram quando a porta se fechou às suas costas. Luz contornou o salão habitado por pinturas identificadas pelo nome dos autores, período e título. Parou ao avistar um díptico com estudos de nus, um masculino e um feminino. Percebeu que os traços exageravam os músculos do homem, mas não marcavam a feminilidade do corpo da mulher. O sexo de ambos eram apenas traços borrados a esconder a sua anatomia. Luz percebeu uma mulher que vigiava a entrada de outra sala, com uma exposição de fotografias dos bairros da Luz e Bom Retiro. As imagens em preto e branco relatavam a vida colorida da região. A vigia olhava a tela do celular, ora sorrindo, ora resmungando.

As vozes das crianças soaram, indicando que alguém abrira a porta, e cessaram com o fechar. Sentada no banco de madeira central, Luz achou graça na mulher que entrou e repetiu cada um dos seus movimentos pela sala. Parou defronte do díptico, olhou o sexo do casal, volteou a sala das fotografias e passou pela vigia que não tirou os olhos do celular. Luz observou que a saia da mulher chegava aos tornozelos, as meias eram claras e longas, o tênis era discreto e um gorro de lã envolvia os cabelos. Logo a mulher se aproximou para sentar-se ao lado de Luz. O ruído das vozes cresceu e as crianças invadiram a sala fazendo que a vigia, por fim, tirasse os olhos da tela do celular. Duas adolescentes sentaram-se no banco para olhar as telas, riram alto e saíram da sala.

— Parecem um cardume seguindo o líder. Eu me chamo Edite — falou a mulher, estendendo a mão para cumprimentar Luz.

— Eu sou Maria da Luz, Irmã Maria da Luz. Sim, parecem um cardume.

— Freira?

— Sim — respondeu Luz — Irmã Carmelita, vivo no Convento da Luz junto com as irmãs enclausuradas.

O silêncio permitiu que as duas processassem as informações visuais, cada qual a classificar a identidade da outra. "Freira", pensou Edite. "Religiosa judia", ponderou Luz.

Edite completou sem esperar pela pergunta de Luz:

— Moro no Bom Retiro, sou esposa de um religioso.

— Rabino? — quis saber Luz.

— Quem me dera! O meu marido toma conta de uma velha sinagoga que quase ninguém frequenta.

As duas se entreolharam admirando as suas vestes.

— Não é comum nos vermos assim tão de perto, veja só: nós duas cobrimos a cabeça, eu com um manto e você com uma peruca. Qual a cor do seu cabelo? — perguntou Luz pedindo desculpas pelo atrevimento.

— Não precisa se desculpar. Sou loira, e você?

— Sou loira também, minha família veio do norte da Itália e foi viver no oeste de Santa Catarina, onde eu nasci. Você viu aquela pintura no canto da sala, aquela com a mulher ao lado da janela? Tem por título *Saudade,* e um complemento: *mulher ferida por acerba dor*. Não conheço esse adjetivo. O autor é Almeida Jr.

Edite aproximou-se do quadro e comentou:

— Acerba deve significar algo como cruel e doloroso. Basta olhar o rosto da mulher que se cobre com um véu e parece chorar ao ler a carta que tem nas mãos. Quantas coisas podem ter passado na vida dela! Aquele outro quadro do lado oposto retrata outra mulher, com os seios nus e a cabeça descoberta. Aparenta melancolia e carrega um ar de cansaço, você vê? Não chora, mas também não está feliz.

Edite aproximou-se e leu o título da obra, *Escrava Romana*. As duas se entreolharam, pensando na coincidência do encontro. Luz quebrou o silêncio momentâneo:

— Gostaria de conversar sobre as obras que retratam estas mulheres, mas preciso voltar para o convento e me preparar para as vésperas. As minhas saídas são controladas.

Edite estendeu-lhe a mão dizendo:

— Eu venho aqui todas as quartas-feiras às três horas, é quando desfruto um minuto de paz. Quem sabe nos encontramos na próxima semana?

Luz a cumprimentou, levantou-se e correu para a porta, olhando para o relógio. Parou, voltou-se para Edite e perguntou:

— Qual a cor dos seus cabelos mesmo?

— Sou loira, quase ruiva.

— Devem ser bonitos — afirmou Luz, que correu para o outro lado da avenida.

Matinas: Luz acordou às quatro e meia, a tempo de se preparar para as matinas. "Todos os dias a mesma rotina", pensou a olhar a sua imagem no espelho do banheiro coletivo das noviças. Olhou para os lados e, não vendo ninguém, passou nos lábios um traço do batom que escondia no bolso do hábito. Pensou na rotina, *laudes, prima*, antífona, depois seguir para a casa do labor e daí para a reflexão na cela, o almoço servido ao meio-dia no refeitório, retornar para a cela, meditar, rezar as vésperas, o terço, o rosário, fazer exame de consciência.

"Exame de consciência... o que é que eu tenho para examinar? Não saio daqui para nada! Quer dizer, saio para fazer as compras semanais. Será que o Senhor me viu entrar na Pinacoteca? Claro que viu, Ele tudo sabe, tudo observa. Será que pequei? Santa Tereza da Cruz se chamava Edith, como a Edite da Pinacoteca, até ser assassinada em Auschwitz. Exame de consciência. O que eu tenho para examinar? Preciso arranjar algum pecado para me punir. Será pecado lembrar do passado? Talvez aquele dia, em Santa Catarina... Acho que eu tinha uns treze anos. Eu e o Robert vimos o coito do nosso cavalo com a égua, a penetração daquele enorme pênis na égua que, agitada, parecia gostar. Robert se aproximou e me tocou e eu deixei, sem respirar, para que ele não percebesse a minha excitação. Nunca mais me esqueci daquele coito nem do toque das mãos de Robert."

Edite acordou às cinco da manhã, preparou o café e as roupas do marido, que fazia a oração da manhã antes de seguir para a sinagoga. Precisava chegar antes de todos e verificar se haveria *miniam,* o quórum para as orações da manhã. Caso não chegassem dez homens, ele teria que acionar a lista de pessoas conhecidas e pedir que viessem completar a exigência, que seria uma *mitsvah,* uma benção. Edite preparava as crianças para a escola pensando na sua rotina. Acordar, cuidar do marido, cuidar da educação das crianças, cuidar da roupa, garantir as comidas para o próximo *shabat*, pensar no banho ritual purificador na *mikva* depois do ciclo menstrual, pensar no casamento de Miriam, que logo completará 15 anos. "Quem sabe se ela sair do Brasil e seguir para os Estados Unidos poderá arranjar um marido religioso, talvez até com um bom emprego. Será que a congregação religiosa poderá arranjar um casamento para uma menina de família pobre que não consegue fechar as contas do mês e com um pai que cuida de uma sinagoga cada vez menos frequentada em um prédio decadente? Quem vai querer casar com Miriam?"

Defronte ao espelho, olhou para o seu rosto e vestiu a peruca. "Me escondo do mundo. Mulher perfeita que sou. Como seria bom se eu pudesse brincar com o corpo do meu marido! Como será o seu membro? Nunca vi, só sinto a penetração e sei quando ele fica feliz. Eu nunca fico feliz. Acho que as coisas são assim mesmo. É isto que Deus quer. Que eu nunca veja o pênis do meu marido, nem brinque com o seu corpo, mas que tenha muitos filhos."

"Hoje é quarta-feira e a madre superiora ainda não me pediu para comprar nada. Vou avisá-la que está faltando sabonete e talco, preciso sair para fazer compras." Luz tanto fez e argumentou que obteve permissão para sair depois do almoço, contanto que chegasse para as vésperas. No seu quarto pegou o batom guardado desde sua chegada ao Carmelo, olhou para o rosto refletido no espelho, umedeceu os lábios e passou o batom avivando o vermelho natural. "Como será a vida de Edite? Ela me disse que tem cabelos ruivos, mas... dentro daquela peruca esquisita, não consigo imaginar. Ela deve ter muitos filhos e deve se dedicar à família. Será que ela tem as dúvidas que eu tenho? Mas se ela duvidar da fé, não tem a vida de Santa Tereza para se espelhar. Edith e Edite, duas mulheres judias. Como será seu rosto descoberto?" Pensou em Edite e abriu o livro da ordem com as fotos de Edith, ainda jovem filósofa na Universidade de Freiburg. Saiu do quarto e entrou no banheiro coletivo, parou defronte ao espelho, tirou o véu e observou seus cabelos loiros caírem sobre seus ombros. "Faz tempo que não me olho sem véu." O ruído dos passos de alguém que se aproximava fez com que colocasse o véu e saísse do banheiro a passos rápidos.

– Hoje é quarta-feira e eu vou sair de tarde para fazer as compras para o *shabat*, você sabe que amanhã a mercearia *casher* fica cheia de gente fazendo compras – falou Edite para o marido, que cochilava no sofá, do lado das crianças que faziam as tarefas da escola. Ele concordou sem se mexer.

– Tudo que contribua para um *shabat* alegre e abastecido será bem-visto por Deus.

Edite pegou o dinheiro com o marido e completou com suas economias guardadas em um jarro no quarto. Quando o marido seguiu para a sinagoga, tirou a peruca e penteou os cabelos. "Uma mulher depois de casada deve se cobrir do pescoço ao tornozelo, não deve vestir roupas masculinas e só o marido pode ver os seus cabelos soltos. Como eu gostaria de vestir uma calça só para ver como fico! Será pecado eu vestir uma calça jeans? No Deuteronômio 22:5 está escrito que a mulher não usará roupa de homem e o homem não usará roupa de mulher, pois o Senhor, o seu Deus, tem aversão por todo aquele que assim procede. Será um pecado tão sério?"

Arrumou a casa, verificou a lição das crianças, checou o estoque de alimentos, arrumou as contas, separando-as em ordem cronológica, e percebeu que não daria para pagar todas de uma vez. "Teremos que conseguir um empréstimo." Tudo parecia enfadonho naquele dia. Miriam, a filha mais velha, sentada à mesa da cozinha, observou:

– Mãe, você trocou os pratos de lugar.

Edite correu para desfazer o malfeito sob o olhar crítico da filha. Vestiu a peruca e pediu para Miriam cuidar dos irmãos até a sua volta.

– Chegarei a tempo de preparar o jantar.

Luz cumpriu as funções do dia, pouco falou e olhou repetidas vezes para o relógio. Ao lavar a louça do almoço, quebrou um prato. "Isto nunca me ocorreu", pensou. Foi até a sala da madre superiora, que lhe deu o dinheiro e a lista de compras. Ao sair esbarrou na estante derrubando parte dos livros. Recolheu os livros espalhados pelo chão e os recolocou na estante, sob o olhar da madre superiora. Faltavam quinze minutos para as três horas quando alcançou a porta da rua e saiu correndo do convento. A madre superiora a observou da janela do escritório.

Às três horas da tarde Luz atravessou a porta de vidro da sala de exposições com a indicação puxe-empurre e avistou Edite sentada no banco da sala. Nas paredes estavam os estudos dos nus, a escrava romana e a mulher ferida por acerba dor. As obras atraíam os olhares dos visitantes. Luz tocou o ombro de Edite que, surpresa, pôs-se em pé olhando para Luz.

– Então você veio! Eu estava olhando as pinturas. As mulheres não mudaram de lugar, continuam tristes e deprimidas, mas você está com o rosto diferente, parece mais bonita – comentou Edite, sentando-se ao lado de Luz.

– Talvez o batom tenha chamado a atenção, eu não costumo usar. E você parece ter usado maquiagem, seu rosto está com uma cor viva –observou Luz enquanto ambas caminhavam pelos corredores da Pinacoteca a olhar as obras e a coleção feita para cegos.

Luz propôs uma brincadeira:

— Feche os olhos, deixe eu te conduzir e toque nas esculturas.

Edite obedeceu e seguiu a tatear cada peça, tentando identificar do que se tratava. A cada tentativa ambas riam, como crianças em um passeio despretensioso.

— Preciso fazer um pedido. — Foi a vez de Edite pedir.

— Pois faça! Precisa de algo que eu possa ajudar?

— Vai te soar estranho, mas eu gostaria... eu gostaria de comprar uma calça jeans, você me acompanharia em uma caminhada pelas ruas do bairro?

Luz achou um pouco esquisito, mas concordou, entre entusiasmada e temerosa. "Poderemos ser flagradas por alguém", pensou com a mão no bolso, apertando o bastão de batom vermelho.

— Claro, posso aproveitar e comprar um batom novo, vamos!

Saíram pela porta de vidro, desceram as escadas, passaram pelo olhar da obra de Brecheret e alcançaram o saguão central. Na frente do prédio Edite puxou Luz pela mão e ambas dobraram à direita na direção do portão que leva ao Jardim da Luz. Cruzaram com escolares que caminhavam para a entrada da Pinacoteca e se misturaram com grupo. Não fosse o seu tamanho, poderiam passar por duas crianças fazendo uma visita ao Jardim da Luz.

Galeria de lojas: Seguiram pelo Jardim da Luz a observar cada detalhe das alamedas. Esculturas coloridas modernas contrastavam com os lagos em estilo clássico. Duas prostitutas que esperavam por eventuais clientes as olharam e falaram alguma coisa entre si. Edite e Luz alcançaram a rua e chegaram a uma galeria comercial cheia de oficinas com trabalhadores bolivianos e lojas de roupas com proprietários coreanos. Ao passarem por uma pequena farmácia, Luz comprou a lista de produtos para as irmãs, pagou e saiu. Deu dois passos, voltou e comprou um batom vermelho. Seguiram até uma loja cheia de calças jeans de todos os modelos possíveis. Uma senhora coreana separou algumas peças e as conduziu ao fundo da loja, onde ambas se espremeram em um provador com espelho. Luz ajudou Edite a se despir para provar as calças e aproveitou para experimentar um modelo. Edite tirou a peruca de cabelos negros e lisos, soltando os cabelos que lhe caíram sobre ombros. Sem as roupas que escondiam o corpo, Luz observou a leveza dos traços da outra. Luz tirou seu véu, mostrando os cabelos loiros, e teve a ajuda de Edite para se despir. As duas se miraram no espelho que devolvia uma imagem com a qual não estavam acostumadas. Edite ajudou Luz a vestir a calça jeans. O toque das mãos da outra no seu corpo fez com que se lembrasse de Robert. Luz tomou os cabelos de Edite nas mãos, observou de perto a cor ruiva e perguntou:

— Por que tanta beleza escondida?

— Porque escolhemos — falou Edite, abraçando o corpo de Luz.

As duas mulheres, uma ruiva e uma loira, trajando camiseta e calça jeans que marcavam as suas formas, se olharam e decidiram.

— Vamos ficar com estas duas calças — Edite orientou a vendedora —, faça pacotes separados.

Luz olhou para o relógio com sobressalto.

— Tenho que voltar para o convento!

— Eu também — replicou Edite. — Meu marido vai chegar em casa e eu preciso terminar as compras.

Saíram novamente com o hábito, uma, e as vestes discretas, a outra, na direção do portão de acesso do Jardim da Luz, onde se sentaram em um dos bancos sombreados. Em silêncio acompanhavam os tipos que passavam e avistaram as duas prostitutas.

— Devemos nos despedir aqui — falou Edite. — Talvez eu volte na próxima semana, mas não tenho certeza.

— Os quadros das mulheres ainda estarão lá — comentou Luz. — A cortesã alegre e a mulher com acerba dor lendo a carta, encostada na janela.

Cada uma pegou um pacote e atravessaram a alameda lado a lado, na direção das prostitutas. Edite se aproximou delas:

— Podemos deixar um pequeno presente?

Entregaram um pacote com uma calça para cada uma das mulheres, que agradeceram. Seguiram, Luz e Edite, cada qual em uma direção. Luz, com a mão no bolso, segurava o batom vermelho.

Cansado de Sangue

O vampiro volta para casa: Vlado correu até perder o fôlego segurando um pacote com pães frescos. "Não posso esperar pelo amanhecer", pensou. Uma garoa fina molhava as calçadas do bairro quando ele dobrou a esquina e avistou o beco com o muro alto, cheio de mato a crescer por entre pedras. Uma escada de aros de metal permitia escalar o muro e chegar aos trilhos da estrada de ferro, os quais, emparelhados, esperavam pelo próximo comboio. Vlado chegou na casa onde vivia, respirou aliviado ao empurrar o portão de ferro, que respondeu rangendo as dobradiças enferrujadas.

Não havia ninguém na rua para testemunhar sua presença, só a garoa, as poças, o muro, a escada, o mato e os trilhos emparelhados. Quantas vezes ao deitar-se, ao final da noite, seus ouvidos captaram o zinir ácido do ferro-sobre-ferro, ora do trem a passar por sobre os trilhos, ora do portão arranhando as dobradiças. Tanta familiaridade fazia que seu cérebro criasse imagens nunca vistas de fato, onde o portão, os trilhos e o comboio viravam personagens. Vlado, parado mirando a casa, observou a lua cheia a vazar por entre o topo dos prédios, e ao baixar o olhar percebeu a luz azulada da televisão pela vidraça da janela.

"Minha mãe deve estar vendo algum filme na TV, que merda, ela não dorme antes da minha chegada", pensou Vlado ao subir pé ante pé os degraus. Atravessou o átrio e alcançou a porta que, ao fechar, prendeu-lhe o sobretudo. Abriu a porta soltando a capa e tornou a fechá-la, fazendo um ruído que revelou a sua presença. Tentou, sem sucesso, passar incógnito pela porta da sala de visitas à esquerda do corredor de entrada. As luzes se acenderam de súbito. Protegeu os olhos com as costas das mãos, sem conseguir evitar que tivesse o corpo iluminado.

— Filho, isto é hora de voltares para casa? Por onde andaste? Não vês que a noite está chuvosa e fria? Ainda vais pegar um resfriado!

A mãe estava sentada entre Mircea e Radu, irmãos de Vlado, que arremedavam a fala materna num jogral desafinado:

— Filho, isto é hora de voltares para casa? Por onde andaste? Não vês que a noite está chuvosa e fria? Ainda vais pegar um resfriado! — A dupla rolava em riso pelo sofá e por sobre o tapete roto que cobria o assoalho da saleta.

Vlado tentou seguir para o quarto, mas a mãe o segurou, observando-o detidamente, cheirando e apalpando a roupa do filho.

— Vejo uma mancha de sangue aqui na gola da sua camisa, vai dar um trabalho enorme para lavar. Será que não tomas jeito?

O coro de Mircea e Radu repetiu a fala da mãe, rindo sonoramente, enquanto Vlado se desvencilhou das mãos maternas e prosseguiu na direção da escada que conduzia ao quarto isolado, quase um sótão, onde ele conseguia ter alguma privacidade. Entrou no quarto e com um empurrão de ombro fechou a porta. Com a mão esquerda desembrulhou os pães da primeira fornada, e com a direita apalpou o bolso do sobretudo, de onde tirou um frasco que abriu e derramou o líquido vermelho em um pires. Tomou o pão em suas mãos e o partiu em dois pedaços, embebeu-os no sangue e os trouxe à boca saboreando com prazer. O relógio, há décadas postado na parede do corredor, soou quatro badaladas.

Teve uma ânsia súbita, tapou a boca com as mãos e refreou o desejo compulsivo de uivar, de sair à rua e correr. Seu corpo todo latejava. Encostou-se na parede e esperou por instantes até que o desejo se dissipasse. Sentiu-se aliviado depois de alguns minutos, lavou o pires, limpou os farelos de pão, tirou o sobretudo, o paletó e despiu as calças escuras. Olhou a camisa e viu a mancha delatora. Colocou as roupas num cesto com outros trajes que se acumulavam à espera de serem lavados. Vestiu o camisolão azul e deitou-se na cama com os olhos voltados para o teto. As luzes da rua que entravam pela veneziana, auxiliadas pelas sombras moventes, faziam desenhos no forro do quarto. As imagens se moviam quando um carro, ou alguém, passava na rua. Vlado ficou a olhar a dança das sombras enquanto a respiração, antes ofegante, acalmou-se. Deixou de sentir qualquer vestígio da ânsia do uivo e adormeceu, saciado.

Tudo sempre igual. Sonhou que seguia pelos trilhos a correr do trem, saltava do muro ao chão e alcançava o portão enferrujado. Ofegante, encostado no portão, via a luminosidade da tv, olhava a luz da lua entre os prédios que cercavam a casa e sentia o hálito da mãe nos ouvidos. Acordou com a claridade do dia a incomodar os olhos. Sentiu um torpor nas pernas como se tivesse corrido uma prova de longa distância. Os músculos doíam e os braços tinham marcas de arranhões e mordidas. Deitado na cama, se pôs a olhar os hematomas e a pensar nas duas décadas de prática hematófaga.

Vinte anos. Cada ano tem doze luas cheias, o que dá um total de 240 incursões noturnas. Se consegui algo como 250 mililitros por vez, totalizei um volume de 60 litros de sangue em duas décadas. Sou um recordista, ainda que em alguns casos elas tenham escapado no melhor momento. Para compensar, em outras ocasiões eu consegui mais do que uma dose na mesma noite. Reclamações? Não lembro de ter recebido alguma. Elas apreciaram as minhas investidas, mesmo aquelas medrosas que fugiram e voltaram para a Rua do Beco. Ah, como eu gosto da Rua do Beco! O que importam as fugas, gritos e arranhões? Fazem parte da cena. Elas gostam do meu ataque, talvez por fazer tudo em silêncio, só chupo o sangue que escorre das veias abertas.

Vlado aprendeu a apreciar algumas presas mais do que outras, estudou os detalhes do *terroir*. Tinha planos de estudar o efeito da origem da presa, dos hábitos alimentares e da idade sobre o sabor e a consistência do sangue. Será que o tipo sanguíneo faz alguma diferença? Preciso escrever a respeito para discutir com os meus pares lá na associação.

Gostava das doadoras universais, de preferência não contaminadas com HIV ou hepatite. Depois de perder vários colegas, ficou tranquilo quando descobriu que era imune ao HIV. Com o passar do tempo, Vlado percebeu uma mudança no comportamento das suas presas, que passaram a ser passivas e não se debatiam mais. Deitavam, viravam a cabeça e ofereciam a jugular como se fosse a coisa mais natural do mundo. Coisa mais sem graça isso de não lutar. Deviam pelo menos fingir que não querem, ou coisa assim. Ando meio cansado. A custo, levantou-se da cama e esticou as pernas que ainda lhe doíam. Levou os braços para o alto, dobrou a coluna tentando alcançar o chão em um exercício de alongamento. Não conseguiu, a coluna sinalizou dor aguda. Caminhou na direção da janela e cerrou as cortinas, escurecendo o ambiente. Voltou para a cama e dormiu até o anoitecer.

De geração em geração: A reunião da associação seguiu a rotina: Vlado sentado à mesa, cercado por dez colegas e tendo à cabeceira o decano, Desmodus. Ao seu lado estavam dois membros de destaque, o conservador Dhyphylla, mais velho, e Diaemus Youngii, o representante da nova geração. "O velho encontra o novo, pois sempre dizem que é preciso preservar a tradição a cada nova geração", pensava Vlado.

Feita a leitura da ata da reunião anterior, os presentes passaram à ordem do dia. Desmodus, surdo como um teiú, passou a palavra para Dhyphylla, que expôs as propostas a serem avaliadas na sessão. Na pauta constavam: a criação de um banco de sangue, a organização de um lar para acolher os idosos, a organização de um grupo de viagens internacionais aproveitando a celebração de 500 anos do Conde Drácula, um curso de técnicas de empalação e outro de criação de morcegos. Diaemus apresentou pauta alternativa: primeiro a criação de um aplicativo de celular baseado em algoritmo, desenhado para localizar presas potenciais, outro para a previsão da lua, clima, eclipses e anos bissextos e, finalmente, apresentou, em nome do grupo jovem, a proposta para a permissão da associação de mulheres, o que causou acentuada polêmica.

Vlado participava daquelas reuniões com entusiasmo decrescente. O conflito de gerações se consolidava e ele estava na situação de não desdenhar das propostas conservadoras, mas não desgostava das proposições progressistas. As intermináveis discussões minavam a sua paciência. Chegou a mencionar o caráter bipolar, que o deixava instável quando uma reunião se prendia a um único tema, o que não raro acontecia. Os assuntos geravam debates que se alongavam como os séculos vividos pelos vampiros.

"Ai, ai, ter que ouvir essas baboseiras. Acho que os temas mais importantes da cultura e da arte vampirescas estão esquecidos. Ah, a visão dos corpos empalados vistos ao longe na montanha. Nada disso é apreciado nos dias de hoje."

Vlado viu quando uma menina entrou na sala de reuniões para servir café. Nitinha era uma menina franzina, alva, com olheiras profundas e um pescoço à la Modigliani. Encostou o corpo no ombro de Vlado para perguntar se queria com ou sem açúcar. Vlado ficou a olhá-la por um instante sem responder, até que, parecendo despertar, disse: – Com açúcar, por favor –, sem tirar os olhos do pescoço longo e pálido da jovem.

Dyphylla dirigiu a palavra a Vlado:

– Qual o voto, caro irmão de sangue? Parece que estamos empatados neste tema. Você tem o voto de Nosferatu, será sua a decisão entre as propostas. Vencerá a nova geração ou os conservadores ainda terão algum espaço nesta casa?

Vlado tirou os olhos da moça, olhou detidamente ao redor e proferiu o seu voto. Concordou com as mudanças, mas manteve-se aferrado ao caráter masculino da entidade. Das mulheres só queria o sangue.

Encontro na Rua do Beco: Vlado no quarto fazia planos: No próximo mês teremos lua azul. Serão duas oportunidades para conhecer a intimidade de Nitinha, aquela jovenzinha, quase uma ninfeta, bem ao gosto de Nabokov. Pôs-se a matutar em como atraí-la até a Rua do Beco. Escolheu a roupa, os sapatos com sola antiderrapante. Estes sapatos são úteis nas noites garoentas. Escolheu a calça jeans escura, uma veterana, a gravata com asinhas de morcego estampadas encontrada em um brechó, as meias negras e o paletó escuro. "Estou trajado como um vampiro tradicional", ponderou ao olhar para o espelho que não refletia imagem alguma. Apalpou o rosto, tateou as pálpebras, percebeu as olheiras que lá se instalaram e se lembrou das falhas que teve nos ataques recentes. Algumas das presas escaparam, coisa que não acontecia antes. "Estou me tornando um velho vampiro, fraco e sem energia", pensou, postado defronte do espelho vazio.

Passou uma semana em preparativos. Esperou a hora do descanso da mãe e saiu do quarto sem ser visto. Caminhou pelas ruas do bairro a pisar nos paralelepípedos e nos trilhos do bonde. Quando deu por si estava na Rua do Beco, encostado no muro de tijolos cheio de mato a crescer por entre pedras. Lá estava a escada de aros de metal que permitia escalar o muro e chegar aos trilhos da estrada de ferro, que ainda esperavam pelo próximo comboio. "Enfim, de volta à Rua do Beco, que lugar especial", pensou, recordando-se dos jogos

ACERBA DOR 31

de rua, bolas de gude, balões chinesinhos, do cheiro de capim misturado ao odor acre de urina e fezes que envelheciam nos cantos do muro.

As ruas estavam vazias sob nuvens que produziam um chuvisco intermitente. Vlado, encostado no muro, avistou alguém que se movia na sua direção. "É Nitinha, ela veio!", pensou tremendo de excitação. A quase menina caminhava sem pressa, hesitava, parava algumas vezes como a demonstrar dúvida. O vulto feminino cresceu e se aproximou, ficando na ponta dos pés para que seus lábios alcançassem o rosto de Vlado e, em silêncio, a menina abriu o casaco e o abraçou. Subiram as escadas de ferro do muro e alcançaram a linha do trem. Nitinha fez um gesto de desfalecimento e gemeu baixinho quando Vlado a abraçou com força, segurando-a pela cintura. Ele acariciou a sua nuca e tateou o pescoço cirurgicamente, procurando identificar o ponto apropriado para fincar os caninos. A cabeça de Nitinha pendeu para o lado direito, enquanto ele aproximou a boca da jugular que se oferecia saltitante e indefesa. "Em segundos, vou beber o sangue jovem da ninfeta", pensou Vlado que olhou para o relógio da moça, no braço que se defendia sem muito vigor. Faltavam trinta minutos para a meia-noite quando uma luz apareceu acompanhada pelo apito do trem que cortava a área urbana. Ao passar pelo casal, o estrondo roubou da jovem o torpor da entrega. O trem passou em movimento ritmado e seguiu na direção da estação, deixando um rastro de vento que varreu folhas e papéis sujos. O som do atrito das rodas de aço com o trilho foi se diluindo, levado pela locomotiva. Vlado e Nitinha se olharam e reaproximaram os seus corpos repetindo o ritual de ataque e defesa em movimento ensaiado. Nitinha se concentrou e novamente desfaleceu nos braços de Vlado, deixando cair os dois braços ao largo do seu corpo magro. Ele mirou o pescoço da menina e procurou uma posição confortável. Tudo estava perfeito. A pele de Nitinha e o sobretudo de Vlado estavam molhados pela garoa que se depositou como película a encobrir os corpos abraçados. Nitinha nada falava, apenas balbuciava sons dispersos de ais e uis, misturados aos suspiros de gozo profundo. Vlado se animava e sentia que chegava o momento de depositar a sua marca na pele úmida dela que, desfalecida, se entregava. Segurou firme a cintura da moça e baixou a cabeça encobrindo-a. Quando estava pronto para a mordida, sentiu o incômodo da luz a piscar do alto de um carro da polícia na esquina da Rua do Beco. Vlado jogou-se ao chão, trazendo Nitinha junto, evitando que os policiais vissem qualquer movimento sobre a linha do trem. O casal aguardou até que o carro fizesse a curva e seguisse o caminho de vigilância. Ainda no chão, deitados sobre o trilho, Nitinha desabotoou sua blusa e pendeu a cabeça expondo a jugular pulsante. Mais uma vez Vlado se excitou ao ouvir os ais e uis que ecoaram no muro de tijolos da Rua do Beco. Agarrou a cintura de Nitinha, que fingiu desfalecer abrindo a guarda, totalmente disponível. Ele se debruçou até que os corpos se entrelaçaram, olhou para o relógio, percebeu que ainda tinha alguns minutos, e desfechou o ato final.

Amanheceu na Rua do Beco: Os sons sinalizaram os movimentos da aurora. O silêncio, que ainda dominava, foi corrompido pelo jornaleiro que abriu a banca e recolheu o pacote de jornais deixado pouco antes pelo carro de entrega. No bar da esquina, o empregado levantou as portas de aço e serviu as primeiras doses de café e cachaça. O bilheteiro desfilou pela calçada, levando nos braços a sorte grande. Em respeito ao horário, ainda não chamava o público com voz de tenor. Enigmático, o limpador de trilhos deixou desimpedido o trajeto do bonde, que passaria dentro de minutos, e o verdureiro ensaiou o anúncio dos produtos que ainda cheiravam a relva molhada. As janelas das casas geminadas se abriram a mostrar os rostos dos moradores, a maioria infelizes, outros nem tanto, e ouviu-se um crescendo de vozes a soar.

As crianças ocuparam a rua sem tráfego, que permitia aos meninos o jogo de bola contra o gol desenhado no muro do beco. Eram vários moleques a gritar e correr atrás da bola que pingava pelo chão de pedra. Uma bola, disparada por um chute descontrolado, subiu como um foguete que ultrapassou o muro e foi cair ao lado dos trilhos. Todos correram para a escada proibida e, um a um, galgaram os degraus para chegar ao leito do trem.

O primeiro a alcançar a bola perdida deu um grito de alerta. Silenciaram todos os moleques ao lado do corpo do homem que, trajando um sobretudo preto, tinha duas feridas profundas marcadas no pescoço. Um fio de sangue seco deixou um rastro que tingiu a camisa e se acumulou no chão ao lado do leito do trem, nos altos da Rua do Beco.

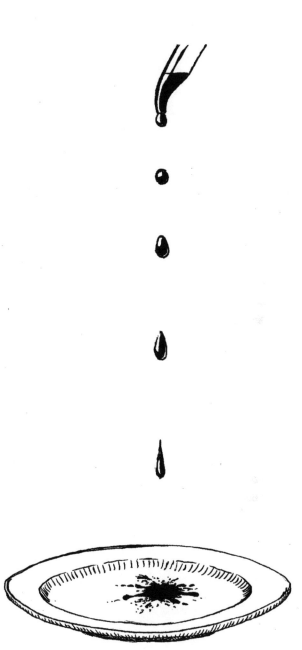

O Escritor

No apartamento: O chamado do Skype fez Elias sair da banheira a resmungar, enquanto caminhava na direção da sala-escritório a enrolar-se com uma toalha, o que não evitou que deixasse um rastro de água e sabão. Lembrou-se que da última vez que recebeu uma chamada era a ex-aluna com quem teve um caso e que o procurava a cada desilusão amorosa.

Encontrou o notebook mergulhado em uma pilha de livros. O computador ainda sinalizava o chamado. Enxugou as mãos e ligou a tela para ver quem chamava. Quem quer que fosse havia desistido, mas deixou uma mensagem:

— Hans Peters deseja conectar-se com você. Será necessário aceitar a sua amizade.

"Amizade, amizade... que deterioração semântica, acabaram com o significado do substantivo amizade, e eu sei lá quem é Hans Peters, por que deveria aceitar a sua amizade?", pensou Elias enquanto buscava no Google informações sobre o dono do nome. Surgiram 206.726 referências que foram identificadas em 0,13 segundos. A que mais se destacava era a de Hans Peters curador da Feira Literária de Frankfurt. "O que será que este cara quer comigo?", refletiu enquanto tomava nas mãos um dos livros entre as dezenas que estavam sobre a mesa. Leu o título, *Manual de fruticultura: um guia prático*. Havia outros manuais de boas práticas agrícolas, guias de agricultura sustentável, de produção orgânica, outro de manejo de pragas e um livro de gestão de sistemas agroindustriais. Empilhou os livros sobre um canto da mesa, puxou para si o teclado do computador e pressionou a tecla que aceitava a amizade de Hans Peters. No mesmo momento viu que Hans Peters estava online e iniciou uma troca de mensagens.

— Estou ao seu dispor. Qual o assunto?

A resposta, escrita em inglês, veio imediatamente.

— Prezado Sr. Landes, o seu nome foi selecionado entre os escritores latino-americanos publicados no ano passado. Como diretor do comitê organizador da Feira Literária de Frankfurt eu o convido para receber o prêmio especial da imprensa alemã que será entregue no próximo mês de setembro. Cobriremos todas as despesas de viagem, passagem aérea, refeições, acomodação e um valor para cobrir despesas gerais. Devo acrescentar que o seu editor, aí no Brasil, já foi informado.

Elias Landes leu a mensagem, fechou a tela do computador sem responder e seguiu o rastro espumoso que o conduziu de volta à banheira. A água havia esfriado, abriu a torneira da água quente, aguardou alguns minutos e mergulhou o corpo deixando a cabeça e os pés para fora da água. Olhou para os dedos dos pés e moveu repetidas vezes os artelhos como que abrindo e fechando duas garras. Massageou os dedos de um pé e depois os do outro pé.

"Feira de Frankfurt. Estou pouco me lixando."

No café da biblioteca: Sentado à mesa Lorenzo matutava a saborear um café. Gostava daquele local de onde via o movimento de pessoas no fundo do prédio da biblioteca municipal enquanto jogava pensamentos fora. "Sempre gostei dos nomes dos lugares e as suas origens, ainda quero escrever aquela crônica sobre o tal Dom José Gaspar que morou aqui antes do quarteirão virar biblioteca municipal e o jardim virar praça. Dizem que ele rezava todos os dias nos jardins. Prefiro o uso atual, menos nobre e mais interessante."

O local andava apinhado de prostitutas e pedintes, usuários de drogas, pequenos traficantes e alguns bêbados. Lorenzo observou o movimento de entra e sai da porta dos fundos da biblioteca. Percebeu que muita gente entrava na biblioteca para descansar em um lugar seguro, sentar à uma mesa, ler jornal ou simplesmente ficar em silêncio. Lorenzo chamou o garçom, pediu o segundo café e fumou o terceiro cigarro enquanto esperava. Elias Landes chegou sem falar, puxou a cadeira e sentou-se à sua frente.

— Aqui estou, você quer falar comigo?

— Parabéns — disse Lorenzo, olhando fixamente para o rosto de Elias —, você é o autor latino escolhido para receber uma homenagem na Feira de Frankfurt. Todos os jornais de hoje deram uma nota sobre o assunto. Aquelas três linhas dedicadas à literatura, possivelmente produzidas por um *trainee* de foca que chegou na redação no dia anterior. As notas falam sobre o autor brasileiro premiado em Frankfurt. Você, caro Elias Landes! Você! Os pedidos das livrarias já estão chegando, vou providenciar novas tiragens dos seus três livros e vamos acelerar a publicação do novo romance. Vamos fazer ainda neste ano, para aproveitar a repercussão do prêmio. Em

Frankfurt, marquei reuniões para negociar com os editores internacionais interessados nos direitos de tradução.

Enquanto Lorenzo falava sem respirar, Elias ouvia em silêncio. O garçom se aproximou para perguntar se desejavam tomar algo. Elias pediu um café e, olhando para Lorenzo, disparou:

— Eu não vou para Frankfurt.

Lorenzo apertou o cigarro na mão sem perceber que estava aceso, sentiu a dor da queimadura, que fez com que largasse o cigarro no chão.

— Porra, como assim, Elias, você não vai para Frankfurt? Você está doente? Podemos cuidar disso. Se for problema de grana eu posso repassar um adiantamento das novas edições, você cuida do seu problema de saúde e nós vendemos muitos livros, direitos autorais e o escambau! — falou, lambendo a bolha formada na mão pelo calor da brasa.

— Lorenzo, eu não tenho nenhum problema de saúde, e também não é por grana. Eu não estou a fim de ir para Frankfurt e não vou entregar novos originais. As reedições, você tem o direito de fazer.

Lorenzo acendeu outro cigarro e argumentou:

— Elias, vamos conversar com calma, eu sei que este ano foi difícil, vendemos poucos livros e, se não fosse a aposentadoria de professor, os direitos autorais não seriam suficientes para você sobreviver. Eu sei. Mas agora tudo vai mudar, com a homenagem em Frankfurt nós vamos... Que dizer? Você vai bombar! Vai vender muitos livros, especialmente no exterior. A tua vida vai mudar. Você virou uma celebridade e a minha pequena editora vai navegar junto com você. Posso te dar uma sugestão? Vá para casa, descanse um pouco e verifique o depósito que vou fazer na sua conta bancária. Eu passo para te pegar amanhã bem cedo para seguirmos juntos para a Feira Literária de Paraty. Soube que a sua sessão de debate foi remanejada e agora vai ser no maior auditório da Flip. Eu passo na tua casa às oito.

O garçom serviu uma xícara de café para Elias, que saboreou a infusão, deu uma pausa na conversa, olhou para Lorenzo e pronunciou o veredicto:

— Eu não vou a Paraty. — Levantou-se da mesa e caminhou na direção da estação do metrô.

Na Festa Literária: A frente fria que entrou veio do Sudeste. Foi sucedida por uma garoa fina e vento forte. A paisagem de Paraty não coincidia com a dos cartões-postais, lembrava mais um porto do Mar do Norte. O público, que lotou o auditório principal naquela manhã de julho, acordou cedo para ver o escritor de trajetória mundana que de modo inesperado fora reconhecido pela crítica internacional. Os escritores, que faziam fila para conseguir um bom lugar no auditório, se identificavam de alguma forma com Elias Landes. Os autores novatos e os experientes invejavam, odiavam ou até aplaudiam sinceramente o autor de sucesso. Os escribas potenciais, gênios ainda não descobertos, imaginavam Elias com uma ponta de inveja e admiração. Autores e leitores se espremiam no espaço da plateia principal. Alguns conseguiram os ingressos por meio do amigo de um editor, ou do livreiro importante, que era pai do amigo de algum filho. Os presentes tinham pontos em comum: compartilhavam abertamente da mesma opinião sobre Paulo Coelho e, secretamente, com um mesmo sorriso de deboche, escondiam a inveja de vender muitos livros, de morar na Suíça e de ter sido amigo de Raul Seixas. A maioria estudou em bons colégios, frequentou universidades, fez pós-graduação fora do Brasil, se diz contrário à política israelense nos territórios palestinos, é solidária com as vítimas dos atentados terroristas, saiu em passeatas contra a corrupção, está ligada no movimento dos jovens chineses que nada mais têm a ver com o exército do povo, e são contra os políticos entrincheirados em Brasília. E mais, o que une a plateia é a possibilidade de ver, ouvir e quem sabe conversar com Elias Landes, o autor brasileiro que será homenageado na Feira de Frankfurt.

O curador da Flip subiu ao palco, acomodou-se à mesa e convidou o editor, Lorenzo Freitas, a subir ao palco para compor a mesa do debate. Ele não esperou para dar a notícia da ausência de Elias nem procurou alinhavar alguma justificativa sem credibilidade. Para contornar o ambiente de desilusão gerado pela ausência do autor, sugeriu uma mudança no programa e no foco do debate daquela manhã. Falou da carreira de Elias, um professor aposentado que nos últimos cinco anos havia publicado três livros que tiveram boa aceitação pela crítica e nenhum sucesso de vendas. Em compensação as vendas após o anúncio da premiação superaram a *performance* dos anos anteriores, esgotando os estoques das livrarias e da editora, que correu para fazer mais uma tiragem. O curador da Flip falou sobre o tema recorrente da obra de Elias, o desassossego provocado pelo consumismo, o destino da geração pós-Woodstock, o banzo pela perda do sonho. Temas como os tratados no trabalho de Elias geram impacto nos leitores da China aos EUA, da África do Sul ao Chile, de Portugal à Rússia. A universalidade do tema foi o primeiro gancho a ser discutido. O público, desapontado, levantou hipóteses para explicar a ausência de Elias.

A insatisfação, que no início do evento era apenas um desapontamento, ao longo da conversa virou questionamento visceral. Na primeira oportunidade um dos presentes vociferou:

— Vocês explicaram que Elias não veio a Paraty e não irá a Frankfurt, as razões apontadas não me convenceram e dão a sensação de que o editor omite alguma informação. Se não é caso de doença, se não existe motivo de força maior, a pergunta carente de resposta é: Por que um autor para de escrever e de se dedicar à literatura especialmente no momento mais intenso do reconhecimento internacional?

O debate ganhou fôlego quando um segundo participante pediu a palavra e se apresentou com admirador do trabalho de Elias. O seu argumento questionou o direito de o autor proceder daquela maneira, demonstrando um descaso com os leitores.

— Um autor, quando publica a sua obra, perde o direito de fazer o que quer, é como ter um filho que na separação fica com a guarda compartilhada, ou seja, os deveres do autor com os leitores não cessam ao seu bel-prazer.

Um terceiro participante lembrou que o fato não era novo:

— Existem autores que decidiram parar, vejam os casos de Raduan Nassar e de Salinger, ambos fizeram poucas obras, mas que foram definitivas. Raduan relutou em participar de atos em sua homenagem. Salinger se meteu em casa e ali permaneceu por anos. Não são nem melhores nem piores por conta da decisão.

Um jovem de vinte anos, que se apresentou como escritor, foi direto:

— Eu acho que vocês estão encenando um embuste editorial, tenho certeza de que Elias está morrendo de rir e fazendo as malas para seguir para Frankfurt enquanto os livros dobram as vendas em todo o mundo. Tudo não passa de um truque mesquinho de marketing literário banal e sem imaginação. Aliás, eu nem sei o que estou fazendo aqui.

O próximo na fila foi um psicanalista, que tratou da escrita como uma fase da vida:

— Escrever é uma atitude compulsiva de natureza autoanalítica que se exaure quando o paciente decide pela alta, caso em que o moto literário deixa de existir e pronto.

Uma jovem autora-ainda-por-ser dirigiu-se ao microfone e, com voz quase inaudível, sugeriu a explicação da vingança do escritor que, por tanto sofrer para publicar, decide vingar-se da sociedade deixando os leitores a implorar pela obra.

Os motivos expostos pelos escritores presentes traçaram um mosaico de causas e potenciais explicações para a decisão de Elias. A raiva de Lorenzo crescia a cada argumento apresentado. "Filho de uma puta, me fez perder a chance comercial da minha vida!"

Na fazenda: Fazia dois anos desde que Elias visitara o sítio herdado do pai, imigrante húngaro que fez a vida decorando vitrines na Rua José Paulino.

Meu pai tinha sensibilidade artística e fazia arranjos com troncos e musgos que coletava na mata do sítio, que classificava como floresta tropical de altitude, explicava Elias para Zé Dedé, o empregado que cuidava do sítio desde que a família comprou a área. Cuidava de tudo, das cercas ao pomar, tirava mel, cuidava das nascentes e recebia turistas nos chalés alugados que foram desenhados e decorados pelo velho Landes. Mesmo no verão, a serra da Mantiqueira acolhia a família com temperatura agradável. Os pais de Elias levavam o filho para o campo sempre que podiam.

– Dedé, o movimento de produção orgânica ganhou mercado, se você me ajudar nós poderemos viver dessa nossa produção. Eu vou morar na casa do meu pai, você vai ser meu sócio e a minha aposentadoria somada ao aluguel do meu apartamento em São Paulo serão suficientes para vivermos bem. O que acha?

– Seu Elias, o senhor é um professor importante, tem sabença das suas coisas como poucos. Eu mesmo já ouvi isso dos hóspedes que apareceram por aqui. Depois que o senhor começou a escrever livros, aí ficou famoso também, até já vi uma entrevista do senhor na televisão. Com todo esse sucesso, o senhor quer vir morar no sítio, seu Elias? Eu tenho o maior orgulho do senhor, seu Elias. Deve dar um prazer danado seu trabalho como professor, deve dar prazer ensinar os alunos e depois acompanhar o sucesso na vida deles. Quantos dos seus ex-alunos já passaram por aqui!

Elias ouviu os argumentos de Zé Dedé, pensando no saber rústico que aquele homem acumulou nas quase oito décadas vividas. Elias, que era quinze anos mais jovem, decidiu lhe dar uma parte do sítio como reconhecimento pelos anos de serviços prestados. Admirava a capacidade de Zé Dedé de encontrar soluções simples para problemas vitais como a falta de água, a queda da energia, o vento que movia as telhas, a água da chuva que entrava pelos vãos das portas, as picadas

ACERBA DOR 45

dos insetos, as lontras que vinham comer as carpas no poço. Sem contar que todos os vizinhos do bairro vinham buscar orientação e aceitavam a liderança mansa de Zé Dedé.

Decidiu passar um tempo mais longo no sítio e não escreveu uma linha desde que chegou. Zé Dedé percebeu que o patrão estava diferente, andava grudado nele perguntando tudo sobre os cuidados com a terra. As explicações que recebia tinham nenhum fundamento teórico, mas provavam ser eficazes. Elias resolveu os problemas da conexão com a internet e mostrou para Zé Dedé a força das informações *on-line*. Zé Dedé ficava pasmo diante de tanta magia. Ambos passaram horas do dia sentados à frente do computador enquanto o mato crescia. Zé Dedé se assustou com o toque do Skype que fez Elias olhar aborrecido para a tela. Lá estava a mensagem do editor:

— Elias, temos convites para divulgar os livros em um encontro literário na Holanda, numa entrevista na tv Senado e num encontro com jovens autores no *Gotham Writers* em Nova Iorque. Você topa ou vai continuar enfiado nesse sítio?

Elias leu a mensagem, olhou para Zé Dedé e disse:

— Sabe, Dedé, eu gosto de fazer as coisas que não sei fazer. Eu não entendo nada de agricultura e da lida com a terra, mas tenho vontade de plantar e colher.

— Seu Elias, eu sempre sonhei ser professor, escritor, juntar palavras que estão aí, soltas, com as que ficam presas nas páginas deste dicionário que o senhor sempre carrega. Tenho vontade de aprender a mexer com as palavras. Buscar a sabença de ler e escrever...

Troca de Pele

Primeiro dia. Alba naquela manhã exibia um vestido colorido e decotado que permitia planejada visibilidade. Entrou cantarolando na sala de trabalho de onde viu o professor no posto de trabalho. Fez um ruído estudado – suficiente para alertar o Professor da sua chegada –, suspirou, acomodou-se e passou as instruções do dia.

– Hoje o senhor dará a aula de pós, terá a banca de doutorado e sairá para o almoço na Fundação. À tarde, depois da Congregação, dois alunos marcaram horário para falar com o senhor. Uma aluna, aquela toda melosa, se antecipou e já esteve hoje aqui na sala procurando pelo senhor. O seu colega da Califórnia vai contatá-lo às 22 horas. Ah, eu já ia me esquecendo, tenho que sair mais cedo para levar o meu filho ao médico.

Alba, a secretária, cuidava dos detalhes da vida do professor Gil que, sem tirar os olhos do computador, resmungou um agradecimento. Tinha se acostumado a chegar cedo ao Departamento para checar os e-mails e despachar com Alba. Metade das mensagens era lixo e a outra metade eram alunos querendo conversar, convites para seminários e palestras, participação em bancas, pedidos para revisar artigos de revistas internacionais de entomologia e jornalistas querendo entrevistas. Como especialista em controle biológico de pragas, sempre que um surto de doença tropical ou uma praga agrícola eclodia no país, apareciam jornalistas em busca de informações. Em geral, não sabiam o que perguntar e o professor, sabendo disso, preparava as perguntas para plantar na boca dos focas. Na presença de qualquer jornalista adotava a mesma estratégia. Perguntava e respondia, e assim economizava tempo.

Organizava as tarefas do dia a olhar para a tela do computador. Era o dia de reunião mensal da Egrégia Congregação da Faculdade, o que mexia com os seus humores.

Mais um solene e interminável desfile burocrático de avisos e informes. Até entrar na ordem do dia e votar os pareceres dos processos, já teria feito um monte de coisas sérias.

O professor não esperava que algo de novo ocorresse. Tentaria comportar-se de acordo. Opinaria sobre pedidos de prorrogação de prazo de teses e sobre processos de professores-problema. Apareceriam os casos patológicos que se repetiam com os mesmos atores a cada ano, aprovaria convênios com universidades estrangeiras inexpressivas para onde os docentes viajariam fazendo turismo científico.

Na tela do computador apareceu uma mensagem de pauta extraordinária. Abriu o arquivo e leu uma proposta para a composição da banca para o concurso de contratação de um docente. O professor estava impedido de participar da banca, pois um dos candidatos fora seu aluno há quinze anos.

"É um forte candidato", pensou Gil, "publicou artigos no exterior, ganhou prêmios e deu aulas na Universidade da

Califórnia." Franziu o cenho ao ler a composição da banca com nomes estranhos à área do conhecimento do concurso e com currículos inexpressivos. Ponderou. "Tem coisas que são objetivas como: publicações, formação de discípulos, premiações e experiência didática internacional. Claro que o meu ex-aluno é o melhor candidato. Será aprovado!"

Na banca de doutorado Gil conhecia o espetáculo que o aguardava e pensava: cinco examinadores, três internos e dois externos, arguirão o candidato, vomitarão críticas e demonstrações de erudição perante o jovem assustado, acuado e ansioso pelo fim da sessão de tortura. Findo o massacre, a banca terá demonstrado a incompetência do candidato e emitirá as notas em sessão secreta que variarão entre 9,5 e 10,0. Será redigida uma menção de louvor e a indicação para concorrer ao prêmio de melhor tese do ano. Após o anúncio público do resultado, haverá abraços, votos de futuro brilhante, lágrimas, mais abraços, mais lágrimas e o convite para comemorar em algum bar das imediações.

O professor Gil seguirá para o almoço da Fundação para tratar da gestão da entidade inventada para dar suporte à Universidade, transformada em fonte de lucro para docentes que subverteram as suas funções. Tudo dentro das regras institucionais vigentes e com a chancela da curadoria de fundações. O balanço demonstrava, mesmo aos olhos de um entomologista, que as contas não fechavam. O professor ponderava, "eles precisam do meu apoio para ter alguma credibilidade perante os órgãos centrais, então me convidam para o almoço."

A jornada terminará à noite com uma conversa com colegas da *U.C. Davis*. Sua cabeça a mil. Me tratam como um *cucaracho* necessário, cheio de ideias, que publica em revistas de ponta e que costuma mandar bons alunos para fazerem doutorado. Devem estar em busca de um pesquisador de país emergente para conseguir recursos do Banco Mundial para a pesquisa e eu tenho o perfil desejado. Precisam de um *cucaracho*. Acautelava-se ao revelar as linhas de pesquisa, pois muitas delas apareceram em revistas sem crédito autoral. "Custa muito ser um pesquisador *cucaracho*!"

Gil tomava fôlego para a primeira atividade, a aula de graduação com uma turma de setenta alunos sonolentos, quando Alba entrou na sala.

— Aquela aluna, aquela toda melosa, está esperando, quer conversar com o senhor antes da aula.

O professor acomodou-se na cadeira, desligou o computador e aguardou. A jovem entrou na sala carregando uma mochila, vestida numa calça jeans larga, sandálias de dedo e a blusa branca que, entreaberta, deixava os pequenos seios imaturos à mostra. Apresentou-se:

— Oi, sou a Sabina, aluna de 301. — Entrou, fechou a porta e ouviu a ordem do professor.

— Deixe a porta aberta, por favor. — Gil já se acostumara com aproximações de alunas atraídas pelo perfil de mulato atlético, solteiro e com fama de galanteador. Sério, apenas perguntou:

— A que devo a visita?

— Eu gosto muito das suas aulas — respondeu Sabina —, mas vou faltar na atividade do grupo de trabalho amanhã. Sou da comissão organizadora do debate no Centro Acadêmico. Estou no limite das faltas.

— E qual será o tema do debate? — questionou o professor.

– Bem, está na pauta, inicialmente, uma manifestação contra políticos corruptos na frente do prédio, depois vamos debater várias questões importantes, os direitos dos LGBTS e dos quilombolas do Vale do Ribeira, o recebimento de refugiados e o papel da universidade na preservação da floresta tropical. Ah, quase esqueci do movimento contra o agronegócio.

O professor questionou:

– E vocês terão tempo para debater todos esses temas?

– A conversa vai começar no campus e depois continuará na república onde eu moro. Se o senhor quiser chegar será bem-vindo. Mas preciso que o senhor não esqueça de abonar a minha falta. – E saiu, deixando um bilhete com o seu telefone.

– Vou pensar – falou Gil sem que ela o ouvisse.

Segundo dia: O perfume adocicado anunciou a chegada de Alba que encontrou o professor à frente da tela do computador.

– Professor, ontem o senhor deu conta de tudo? Hoje teremos outra agenda apertada. Depois da aula... – Sem permitir que concluísse a frase o professor anunciou:

– Pode esquecer a minha agenda, hoje não vou atender mais ninguém. Se me procurarem, você não saberá dizer onde estou. Devo retornar para participar do grupo de estudos só no final da tarde.

O olhar de Alba acompanhou o professor, que pegou a mochila e deixou o prédio do Departamento. Gil saiu a caminhar pelas alamedas do campus. Na sua cabeça reverberavam os temas do dia anterior: a Fundação, os alunos, o concurso, os artigos, os contatos internacionais. Enquanto caminhava sob um calor que, pela manhã, já beirava os 28° C, pensou: "Quem lê os meus estudos entomológicos? As minhas aulas vão melhorar a vida dessa meninada? Quem se importa?".

Contornou o lago, seguiu na direção do Centro Esportivo e aproximou-se de uma Kombi colorida, forrada com artigos esportivos. Ouviu uma voz familiar:

— Ah, professor! Quem é vivo aparece! O senhor já frequentou muito o centro esportivo. O que foi que aconteceu? Cansou de xavecar as menininhas? Não aprecia mais um topless? — Gil reconheceu o amigo de cabelos pretos tingidos, pulseiras, correntes no peito e um dente de ouro faiscante que quase lhe saltava da boca. Deitado sobre uma esteira o homem desfrutava a sombra de uma árvore.

— Juca da Kombi, meu caro, o nosso jk! A burocracia da universidade me impede o ócio criativo. E você? Continua vendendo as suas bugigangas, maiôs e sungas?

— Com a venda de sungas, biquínis e sandálias eu tiro o agrado das minhas namoradas, não pago aluguel nem impostos, a meninada gosta de mim e eu transo com as moças do restaurante. Que vida melhor eu posso querer? Já estou aqui há trinta anos, a minha Kombi enraizou neste chão. Ócio eu tenho de sobra.

— jk, você é que é um homem sábio. Que aproveita a vida.

Com um aperto de mãos, Gil se despediu do velho conhecido e passou pela portaria vazia do Centro Esportivo, procurou pelo bar, que estava com ar de abandono. Comprou uma garrafa de água mineral e seguiu para a pista de atletismo. O mato crescia nas rachaduras do piso e os equipamentos de peso estavam enferrujados. "Terra de ninguém", pensou Gil que, desistindo do local, cruzou as quadras esportivas e atravessou o portão dos fundos em direção ao Museu de Artes da Universidade, sem deixar de pensar nos benefícios do ócio criativo de JK.

À entrada do museu, avistou a escultura de ferro fundido, uma instalação farfalhante de bandeirolas coloridas e lixo, muito lixo, que restou da manifestação do dia anterior. Havia um homem trajando paletó de lã e gravata que carregava livros. "O professor continua no seu local preferido", pensou Gil, que se aproximou para ouvir o discurso desconexo do homem de meia-idade, com estereótipo de intelectual que falava sem trégua a pleno sol, sob aplausos de alguns poucos alunos. Gil lembrou-se dos tantos formandos que lhe renderam homenagens. "A loucura mansa faz dele um homem mais equilibrado do que outros professores que eu conheço", matutou Gil, lembrando o destempero que presenciou na reunião do dia anterior na Fundação. A loucura pela grana fez com que destruíssem uma entidade. Espumam de raiva quando contestados. O que os move é o pequeno poder. Gil se recordou de Cabaret: *Money makes the world go around...* e seguiu para o Hospital Universitário assobiando, enquanto o outro continuava seu raciocínio, falando e falando. "Ele parece feliz, convive bem com a loucura." Gil esperou que um grupo de ciclistas passasse, cruzou a avenida e avistou o carrinho de cachorro-quente à entrada do hospital, com dois sanduíches prontos para o consumo, uma latinha com alguns trocados e um aviso escrito à mão: pegue, pague e coma. Foi o que fez. Deu a primeira mordida, quando um aceno do outro lado da calçada chamou-lhe a atenção.

— Professor! Algum problema de saúde, para visitar o Hospital Universitário?

– Olá, Mengálvio, o meu único problema é um pouco de fome. E então, já se aposentou, ou continua com a dupla jornada de motorista da Faculdade de Biologia e empresário de cachorro-quente?

O mulato alto, com a barriga sobrando sob a camiseta, de bermuda e chinelos, respondeu com um sorriso:

– Professor, gosto do meu trabalho! Lembra das nossas viagens para coletar insetos pelas lavouras da região? Não tem trabalho melhor, mesmo assim penso em voltar para a minha terra. Comprei uma casinha por lá, só não sei se a minha companheira vai topar.

– Dê tempo ao tempo para convencer a sua companheira – replicou Gil despedindo-se, tomando o caminho de volta para a Faculdade de Biologia. Parou à beira do lago, deitou-se sobre a grama e pôs-se a pensar no professor louco, em Mengálvio, e em jk. O pensamento virou sono, que o dominou sem resistência. Ao despertar, lembrou-se que da última vez que dormira à beira do lago ainda era estudante. Levantou-se um tanto ressabiado e prosseguiu para o prédio da Faculdade. Circundou o grupo de alunos que discursava gritando palavras de ordem, impedindo a entrada do prédio. Tentou serpentear por entre o grupo para entrar na Faculdade, sem sucesso. As chaves da casa, do carro e documentos estavam na sala, precisava entrar. Talvez parte do grupo de estudo esteja dentro do prédio. Tentou furar o bloqueio e se deparou com Sabina.

– Professor, vem comigo que eu dou um jeito. – E seguiram por uma entrada lateral, tendo Sabina como salvo-conduto. Dentro do prédio, havia apenas poucas pessoas, que não tinham conseguido sair. Sabina observou a roupa do professor.

— A sua camisa está cheia de mato. Por onde o senhor andou? Posso limpar? — Sem esperar a resposta, alisou as suas costas e ombros. O professor agradeceu. — Eu te espero na minha república hoje à noite. Guardou o meu telefone? — perguntou Sabina num grito, enquanto desaparecia na manifestação.

Terceiro dia: O professor chegou minutos depois de Alba. Ela trajava um vestido carmim, exalava e cantarolava um conhecido bolero enquanto mexia nos arquivos.

— *Reloj no marques las horas. Porque voy a enloquecer.*
Ella se ira para siempre. Cuando amanezca otra vez.

Ao ver o professor, comentou:
— O senhor chegou atrasado. Eu já estava preocupada, aconteceu alguma coisa? — O Professor entrou na sala, deixando a resposta no ar, mas ela continuou falando: — A Faculdade está pegando fogo, um hacker obteve as senhas, acessou o sistema e copiou a prova final de Entomologia Aplicada.

O professor Gil correu para a Sala dos Professores para saber detalhes do ocorrido e dali seguiu para a sala de aula. Sem tocar no assunto das provas, cumprimentou os alunos e entrou no tema do dia:
— Hoje vamos estudar a ecdise, o processo de troca da pele dos insetos. Quando crescemos, a nossa pele cresce junto com o corpo, mas no caso dos insetos é diferente, o seu exoesqueleto não se altera. A carapaça se torna pequena para o corpo até o ponto em que o inseto a abandona e se liberta para crescer. Algumas classes de insetos fazem várias trocas ao longo da vida. Vocês já devem ter visto uma carapaça vazia de uma

ACERBA DOR 57

cigarra, inseto da ordem *Hemiptera*, agarrada ao tronco de uma árvore. O período da ecdise representa um risco, pois o inseto fica exposto aos predadores. O velho esqueleto já não lhe serve e o novo ainda não tem estrutura para protegê-lo.

O professor explicou os detalhes do processo e conduziu os alunos para o Laboratório, onde um professor assistente mostrou exemplares de exoesqueletos, enquanto Gil seguiu para uma reunião extraordinária do Conselho Departamental, a fim de tomar medidas quanto ao vazamento da informação. Por um momento, a questão dos professores corruptos tornou-se secundária. Na sala, um professor discursava efusivamente, encerrando a fala com a pergunta: "Qual a penalidade a ser aplicada quando acharmos o responsável?".

O professor Gil estranhou ao notar que os docentes propensos a punir exemplarmente eram aqueles acusados de corrupção e assalto aos cofres da Fundação. "Ética é um conceito muito plástico", pensou.

Ao final da conversa inconclusiva, voltou para sua sala, onde encontrou uma mensagem da Universidade da Califórnia. Seus pares propunham realizar um curso de verão no Brasil e perguntavam se ele teria como conseguir os recursos. Os colegas internacionais faziam exigências: hotel cinco estrelas, carro à disposição, programas culturais todas as noites e um evento de gala. Gil respondeu ao e-mail:

— Acho o seu pedido um pouco exagerado, nos cursos feitos na Califórnia nada disto foi oferecido. — A resposta veio a galope:

— Nós temos alternativas e escolheremos a universidade que nos trouxer os melhores benefícios. A Universidade de Mumbai fez uma oferta. A decisão é de vocês.

O professor, desapontado, desconectou e seguiu para a reunião da Fundação. Ao chegar à sala, presenciou o momento em que um colega estrebuchava, enquanto os demais ouviam em silêncio.

— Ninguém pode oferecer um curso sobre controle de pragas, eu registrei o tema, o que me dá exclusividade para oferecer o curso, entenderam?

Gil aguardou um pouco e percebeu que não havia vestígio de serenidade. Mergulhou em pensamentos. A universidade é um lugar perigoso, como ensinou Rubem Alves, e ainda tem quem a identifique como uma casa do saber, um local de encontro de cientistas esclarecidos. O que vejo são facas na boca, unhas e dentes e a luta pelo pequeno poder.

Mesmo com todo o reconhecimento internacional na área do controle de pragas, o professor Gil não foi chamado para ministrar o curso. "Conhecimento não conta nada", pensou, "o que importa é o quanto o curso vendido para as usinas de açúcar renderia para o seu coordenador." Decidiu sair antes do término da reunião, com a cabeça gravitando entre dois mundos. No primeiro habitavam Mengálvio, JK e o professor louco. No outro existiam provas roubadas, professores brasileiros brigando por projetos e professores da Califórnia exigindo mordomias. Caminhou para o estacionamento e avistou Sabina, sorrindo, parada, ao lado do carro.

— Professor, gostei quando o senhor chegou à festa ontem à noite. Todas as minhas colegas ficaram surpresas e os meninos, enciumados. Só que não tivemos tempo pra conversar, tinha muita gente. Queria ter falado com o senhor sobre como fiquei impressionada com a sua aula. Essa coisa de ecdise, de não caber mais na pele, sabe? Eu fiquei pensando que isso não acontece só entre os insetos. Pode me dar uma carona?

Gil concordou. Entraram no carro e seguiram para a casa de Sabina. No caminho, avistaram o professor louco que discursava sobre o nada, agora sozinho, na rua.

IV. *A aposentadoria.* A decisão pela aposentadoria foi fácil. O Professor teve certeza de que seria a decisão correta quando passou a evitar as reuniões e rejeitar os contatos internacionais. Aquilo tudo já não lhe dizia nada. Encantou-se com outras ideias desafiadoras. Os loucos passaram a frequentar o seu pensamento. Releu *O Alienista.* No dia em que participou de uma banca de doutorado na Universidade Federal do Rio de Janeiro, visitou o Museu do Inconsciente, no Engenho de Dentro. Conheceu a obra dos internos motivados pela Dra. Nise da Silveira. "Ali estava o mundo dos esquizofrênicos, cheios de cores, traços e beleza", pensava Gil, que já não precisava dar satisfação para ninguém, nem se mutilar em diferentes personas que foram aos poucos deixando de ser importantes. Como os loucos de Nise da Silveira, ele recolheu fragmentos e recriou uma personalidade. Mergulhou na poesia de outros loucos. Leu a obra de Manoel de Barros, Cora Coralina, Orides Fontella. Todos loucos, para espanto geral, e poetas. Abandonou o exoesqueleto na Universidade e seguiu para conviver mais de perto com os loucos. Parou de responder aos pedidos dos antigos pares. Só abria uma exceção, as visitas a Mengálvio e JK. Vez ou outra parava para ouvir os discursos do professor louco. Passou a parar nas ruas para conversar com os loucos que habitam cada canto da cidade. Ouviu relatos, olhou nos olhos, sentiu o cheiro dos loucos. No início, paravam de falar quando Gil se aproximava, depois se acostumaram com a presença. Gil digeriu as experiências transformando-as em pequenos textos.

v. *Na Casa dos Loucos*: O vagão chacoalhava produzindo sonolência. Gil via os trens que vinham em sentido contrário vazando gente pelas portas e janelas, enquanto ele seguia no contrafluxo a caminho do centro da cidade. Com o movimento lento a sua mente flanava entre realidade e sonho, talvez como a maioria dos internos com os quais passou o dia. Gil pensava nos 150 loucos, esquizofrênicos e dementes que restaram naquele manicômio. As leituras de Nise da Silveira ajudaram-no a compreender os internos. Gil deu importância especial àqueles autores que propunham a desinternação dos loucos. Leu a obra de Tullio Seppilli, antropólogo que viveu no Brasil se protegendo da guerra e lutou pela reinclusão dos doentes mentais na Itália. Trocou correspondências com Seppilli.

A aposentadoria de Gil o motivou a dedicar o seu tempo aos loucos.

Nos primeiros dias, o trabalho foi intenso e cheio de novidades. Conheceu os médicos e funcionários do Manicômio que vinha sendo desativado aos poucos. Os 150 internos remanescentes não tinham para onde ir, ouviu do Dr. Edgard, jovem psiquiatra bem-intencionado. Não temos alternativa a não ser cuidar deles. Os muito idosos seguiram para centros de acolhimento. Os que ficaram são pessoas sem documento, nome, família, amigos, chão, teto, roupas... nada. São não pessoas. A sua decisão de passar um dia por semana aqui é muito importante para nós. Não temos recursos para contratar funcionários. Com o tempo, tudo isso aqui vai acabar.

ACERBA DOR

A diretoria impediu que Gil passasse dos limites do Hospital, e também que visitasse o outro lado do prédio, onde ficava o Manicômio Judiciário. Mas ele teve acesso aos vídeos e ouviu relatos sobre os farrapos humanos que dividiam o espaço dos pátios, em total promiscuidade. "Sem chance de recuperação, são o atestado de incompetência da nossa sociedade", concluiu. Já nas primeiras visitas, passou o dia a cuidar de três internos: Sansão, Isaque e Mandrake. O primeiro passava o dia moldando o barro que ele mesmo produzia com a terra do pátio. O segundo era o homem da enxada, que carpia o terreno até que as suas mãos sangrassem, sem que ele sequer percebesse. O terceiro falava a esmo, discursava sem parar sobre temas desconexos. Algumas vezes fazia gestos que lembravam os de um mágico, daí o seu apelido. Os verdadeiros nomes dos três eram desconhecidos.

Embora Gil tivesse recebido uma tarefa fácil, observava os demais internos e anotava as impressões em um caderno, um vestígio do cientista. Alguns defecavam no pátio, outros gritavam à exaustão, outros ainda ficavam prostrados, sentados às rés do chão. Passou dias a ouvir os relatos sem sentido dos três internos, que por vezes riam às soltas, falavam o que vinha à cabeça, andavam nus, como se gozassem da mais plena liberdade. Nenhuma reclamação da situação em que viviam, pelo contrário, gostavam de tudo. Tinham medo de sair dali. No Manicômio se sentiam protegidos. Alguns diziam que Mandrake havia sido policial, Isaque fora agricultor e Sansão trabalhara em uma olaria.

As pálpebras de Gil piscavam, pesadas, conforme o trem parava nas estações. Sentia-se reconfortado pelo balançar do vagão. Riu ao se lembrar do slogan que inventou. "Loucos por loucos, prefiro os verdadeiros." Os poucos amigos da Faculdade que o procuravam riam dos seus relatos.

Em casa, trabalhava em artigos que haviam ficado inconclusos, escrevia ensaios, lia sobre a loucura e passou a organizar relatos sobre os loucos. A rotina da Universidade não deixou saudade. Nos e-mails, que não mais respondia, persistiam os convites para trabalhos acadêmicos e informes sobre a Universidade. Soube por Alba que os debates na Fundação continuavam, que os professores corruptos se defendiam, protelavam e ameaçavam os colegas com represálias. Soube do resultado do concurso, que aprovou o pior candidato, um jovem com curriculum medíocre que trabalhava com o presidente da banca. Soube que o curso de verão em Mumbai foi um sucesso e que o hacker nunca foi encontrado.

Anoiteceu quando Gil chegou ao apartamento. Abriu a porta e encontrou duas cartas em meio às contas a pagar. A primeira, manuscrita, vinha de Sabina. Gil sentou-se e leu.

As nossas conversas nos últimos meses mexeram muito comigo. Seus relatos me impressionaram. Decidi abandonar o curso de Biologia e vou tentar o vestibular em Psicologia. Comecei a ler Jung e fiquei fascinada. Gostaria de lhe relatar pessoalmente. Podemos marcar uma conversa?

Ao abrir a segunda carta o aroma de perfume dominou o ambiente. Uma foto de Alba trajando o vestido carmim tinha um recado manuscrito.

Para que o Professor nunca se esqueça de mim.

Gil foi até o seu escritório, ligou o computador e enviou duas mensagens.

Sabina, havia muito tempo que eu não recebia uma carta de verdade, assim, manuscrita. Te espero hoje.

Alba, esse seu vestido lhe cai muito bem e eu gosto do seu perfume. Nunca me esquecerei de você.

O Sétimo Ano

"Durante seis anos você semeará o seu campo, podará sua vinha e colherá sua produção, mas no sétimo ano a terra deverá ter um completo repouso, um shabat para o Eterno. Você não semeará seu campo, não podará sua vinha e nem colherá os produtos de sua colheita. E o produto da terra será seu para comer, para seus servos homens e mulheres e para seu trabalhador contratado e o residente que mora com você."

(Vayicrá 25:3-6)

Na beira do lago: Ovídeo percebeu sinais da chegada da chuva. A superfície da represa estava marcada pelo vento. Apertou os olhos e avistou a chuva rodeando a margem distante, quase sentiu o cheiro de terra molhada.

"A primeira chuva chegou na hora certa", pensou, acomodando o jornal sobre a mesa. Passou os olhos nas manchetes que noticiavam um filme de Darlene Glória e a vitória de Emerson Fittipaldi. Desceu os degraus da varanda da sede da fazenda e caminhou em direção à represa com o passo firme de um caboclo de cinquenta anos.

"Lá vai Ovídeo remoer o nosso desgosto", pensou Lisa olhando para o marido através da janela da cozinha. É só o que fazemos um dia depois do outro. Quem sabe a chuva lhe traga algum alento.

Ovídeo atravessou o carrascal e viu o tronco à beira d'água, onde se acomodou com os cotovelos apoiados nos joelhos. Eram só ele mais o sopro do vento crispando a água, a voadeira amarrada no tronco, o bacbac da água batendo no barco e uma garça branca cravada em uma perna só, imóvel na prainha. Uma voz o interrompeu.

— Sei que o seu Ovídeo está pensando em Osias. A gente se conhece faz muito tempo, o amigo devia saber que para algumas coisas a vida dá jeito, e para outras não adianta amargar. Eu bem sei o que é desencontrar de gente querida.

— É — resmungou Ovídeo —, o tempo há de resolver.

— Eu apercebi que não vou ter o dinheirinho que o senhor costumava me dar para eu ir até a cidade comprar sementes e adubo — falou Bugre. — E eu conto com o trocadinho para minha despesa pouca.

— É, Bugre, neste ano não vou precisar — Ovídeo respondeu sem olhar para o rosto do amigo.

— Entendi, tratou com outro, esqueceu do amigo. Pelo menos me empreste a voadeira para eu chegar no meu rancho sem bater toda a volta da represa. Devolvo amanhã.

Ovídeo olhou para o índio de pele curtida, tarrafa pendendo no braço e um puçá amarrado na cintura ao lado do facão. Tirou um maço de notas do bolso e deu para ele.

— Pegue a voadeira e tome a sua paga, não carece de ir buscar a semente na cidade. Não vou fazer lavoura.

Bugre estranhou a fala de Ovídeo, mas não sondou a razão. Gritou de alegria ao segurar o dinheiro. Pulou para o barco e assobiou de língua dobrada, espantando a garça que voou para a outra margem. Uma indiazinha de cabeça baixa saiu da moita e se achegou ao seu lado.

— Eita, Bugre, você não toma jeito! — exclamou Ovídeo.

— Seu Ovídeo, não pense coisa ruim. Essa menina chegou na minha roça sabendo de tudo da vida. Eu só faço é cuidar dela pra mor do povo não abusar.

— Sei — falou Ovídeo descrente.

Bugre riu alto postado em pé no barco. Acomodou a tarrafa, o facão, o puçá e deu a mão para a cunhatã subir na pequena embarcação.

— Ela é esperta, me ajuda a encontrar as urnas com as ossadas. Os gringos pagam um bom dinheiro quando eu encontro uma com um bom esqueleto — acrescentou Bugre, que deu motor e rumou para o rancho. Ovídeo foi para casa debaixo da chuva que apertava. Caminhou pensando no paradeiro de Osias.

Na cozinha: Nehemias entrou na cozinha, beijou o rosto da mãe, pediu a benção de dona Lisa e perguntou pelo pai. De sua irmã, Íris, ouviu a resposta:

— Foi lá para o lado do rancho como faz todos os dias desde quando Osias viajou.

Nehemias buscou um café recém-coado e comentou:

— Se lhe faz bem, que vá. Preciso preparar o trator e a plantadeira, parece que a chuva vai chegar. Vou comprar as mudas de café para terminar de plantar o talhão de trás da casa. — Voltou-se para dona Lisa e perguntou: — Mãe, quando eu passei pela porteira vi um estranho andando dentro da fazenda. Alguém chegou por aqui? – Íris, de costas para a janela, tinha um livro nas mãos. Sem interromper a leitura comentou:

– Aqui não chegou ninguém. – Fechou o livro, olhou para o irmão e perguntou: – Você percebeu se o estranho tem um cachorro?

– Como posso saber? Vi de longe. E que diferença faz se ele tem um cachorro?

– É que se for um retirante e se tiver cachorro, eu aposto que o cão se chama Baleia – respondeu Íris.

Nehemias trovejou que Íris só queria saber de ler livros, que não fazia nada de produtivo, que nunca arranjaria casamento, que muita leitura deixa a gente meio doida, que devia ajudar na casa e na roça, que era um peso morto na família que só andava com livro embaixo do braço e que escrever não era coisa pra mulher. Ela, acostumada com as críticas do irmão, desviou da conversa:

– Vou ver o tal caminhante de perto. – Largou o livro sobre a mesa, pegou o carro e seguiu na direção da estrada.

Nehemias pegou outra xícara esvaziando o bule de café, tomou o livro nas mãos sem abrir as páginas e leu o título: *Vidas Secas*. Virou-se para a mãe e comentou:

– Na reunião da cooperativa, o agrônomo Enrico perguntou por que o pai não fez as compras deste ano. Eu desconversei. Todos os anos o pai pega empréstimo no banco, compra semente, adubo e veneno. O pessoal está ressabiado, achando que o pai comprou em outro lugar.

– Não acho que o pai comprou em outro lugar – foi a fala de dona Lisa. – Se conheço meu homem ele decidiu alguma coisa diferente na sua cabeça.

Ovídeo apontou na porta, talvez ouvindo um rabo da conversa.

– Você está encharcado, Ovídeo! – observou dona Lisa.

–Não podia ter esperado a chuva passar?

Lisa ouviu a resposta murmurada pelo marido:

– É chuva da boa, não pode fazer mal a um caboclo como eu, pode?

Nehemias olhou para o pai, levou a xícara de café à boca e assuntou:

– Pai, não é a hora boa pra gente semear o campo? Eu não vi as sementes e nem o adubo para o plantio. Plantar com atraso prejudica a produção, pelo menos é o que o doutor Enrico sempre diz.

Ovídeo, calado, virou o bule na xícara e viu cair uma gota mirradinha. O filho fez outra tentativa.

– Encontrei o Querubim do banco, ele perguntou por que o senhor não passou na agência para contratar o crédito para a safra. O que anda acontecendo, pai?

Ovídeo recebeu uma xícara de café recém-coado das mãos da mulher, sorveu um gole, olhou através da janela molhada. Num átimo viu a chuva e uma cortina d'água a escorrer do telhado sem calha. De costas para a família, falou baixo, quase que só para ele ouvir.

– Neste ano, vamos deixar a terra descansar.

Nehemias não se conteve, jogando o livro sobre a mesa:

– Como? Sem semente, sem fertilizante, sem produção! Que besteira é esta de deixar a terra descansar? De onde vamos tirar o nosso sustento?

Lisa olhou assustada para o marido, esperando reação forte. Ovídeo respondeu, sem tirar os olhos da chuva:

— A colheita da safra passada foi boa e temos dinheiro para passar o ano tranquilos, se fizermos algumas economias. Não vamos plantar, já disse.

Dona Lisa estava mais desconcertada com a mansidão do marido do que com a decisão anunciada. O olhar da mulher acompanhou os passos de Ovídeo, que seguiu para o quarto. Ela compreendeu a ansiedade de Nehemias querendo fazer a lavoura. O livro sobre a mesa dizia que Íris já não pertencia àquele lugar. Só então dona Lisa pensou na decisão de Ovídeo, tomou um pano de prato nas mãos, sentou-se à beira do fogão a lenha e matutou qual seria a opinião de Osias. Mas Osias não estava lá para responder.

Na porteira: Enrico e Querubim costumavam, juntos, visitar as fazendas. Havia 25 anos que Enrico era o agrônomo responsável pela Casa da Lavoura, conhecia cada propriedade na região. Querubim, o gerente do banco, era o responsável pelos projetos de crédito dos agricultores. Ambos pararam na porteira da Fazenda Garça Branca, onde encontraram Ovídeo, Nehemias, Íris e Bugre. Enrico puxou o assunto.

— Senhor Ovídeo, o córrego da propriedade já não corre o ano todo por conta do desmatamento na cabeceira. Além disso a vara de porcos do mato anda fuçando em volta das nascentes e a barragem está por um fio para desmoronar. Faz meses que eu deixei as mudas para reflorestar a cabeceira e as margens do córrego, mas elas estão largadas por lá. O senhor precisa fazer uma cerca ao redor das nascentes para dificultar a porcada chegar, e precisa reforçar o talude da barragem e colocar pedras para fechar um vazamento. A água só deve sair pelo vertedouro.

Nehemias ouviu, fazendo pouco da fala do agrônomo, mas Ovídeo prestava atenção.

— Doutor Enrico — disse Nehemias —, eu não tenho tempo para cuidar dessas bobagens, a nascente sempre esteve lá e eu garanto que lá vai continuar.

Querubim aproveitou o pequeno silêncio e interveio:

— Seu Ovídeo, o dinheiro do crédito de custeio está disponível no banco, o senhor pode usar para atender a orientação do doutor Enrico.

Enrico completou:

— Seu Ovídeo, eu fiz o projeto para o plantio da safra. Incluí o café que o Nehemias quer plantar faz algum tempo. O projeto foi aprovado.

Ovídeo agradeceu pelos conselhos e respondeu:

— O Nehemias vai providenciar os reparos na cabeceira, nascentes e barragem. Quanto ao plantio da safra, reserve o dinheiro porque neste ano não vai ter lavoura.

O silêncio meio sem jeito que se seguiu foi quebrado pelo Bugre, que ouvia a conversa de fora da roda. Gargalhou alto, como de costume, e opinou:

— Pois eu tenho duas novidades. Achei lá pelas bandas do Barreiro um daqueles vasos onde os índios enterravam os mortos. Tem uma ossada inteirinha dentro. Dizem que dá azar mexer nessas urnas funerárias, mas tem um pessoal gringo que paga bem por elas. Marquei com uma bandeira branca que é para o seu Ovídeo ver. Afinal de contas está na sua terra.

— Eu vou lá ver o achado — disse Ovídeo. — E qual é a outra novidade?

— Pois sabe que chegou um caminheiro que me pediu pouso, eu acomodei ele no meu rancho. Veio do Norte de Minas, lá da Serra das Araras.

Nehemias olhou contrariado para o pai. Bugre continuou o relato olhando para seu Ovídeo:

— Diz que saiu de lá depois que as terras foram compradas pelos gaúchos. Disse que o bisavô já vivia na terra, mas ninguém nunca se preocupou com os documentos. Daí os gaúchos chegaram com o papelório nas mãos e ele teve que sair. Veio andando, andando de a pé, varando o sertão. Pediu para falar com o senhor.

Ovídeo concordou:

— Traga o homem até o rancho quando entardecer. Nehemias e Íris fiquem por perto.

— É gente de bem, pai — falou Íris. — Eu conversei com ele na estrada, precisa de ajuda, parece que é trabalhador.

— E mais essa! — exclamou Nehemias. — Pois eu acho que não é hora de receber estranhos. Não precisamos de peões. Eu queria mais é plantar a safra do ano. — Saiu batendo o pé, ligou o motor do trator e seguiu pela estrada da fazenda sem despedidas.

Enrico e Querubim seguiram caminho, entenderam que Ovídeo não iria mesmo plantar a safra. Era decisão tomada, não valeria a pena insistir. Pelo menos as nascentes seriam cuidadas. Ovídeo, Íris e Bugre seguiram de carro na direção do Barreiro para ver a urna funerária.

No rancho: Ao entardecer Ovídeo, Íris e Bugre conheceram Severino, que repetiu a história. Disse que nascera e crescera na Serra das Araras perto do Rio Carinhanha, na divisa de

Minas e Bahia, que lá tem uma festa anual que traz gente de fora, que o povoado fica apinhado de gente festeira, que tudo andava bem até que no início do ano apareceu um povo explicando que lá em Brasília criaram um projeto de assentamento e que chegariam os novos donos daquela terra. Eram famílias do Rio Grande do Sul, do município de Espumoso. Contou que, neste ano de 1973, bateu uma seca brava. Aproveitou para pôr o pé na estrada e seguiu na direção da cidade de São Francisco, desceu beirando o Velho Chico, seguiu por São Romão, Ibiaí, Pirapora até chegar no mar de Três Marias, de onde andou de léu em léu até dar naquela beira d'água.

Íris ouviu o relato atraída pela fala de Severino. A moça cravou o olhar e viajou nas ideias do rapaz. Lembrou-se da poesia de João Cabral. Até o nome, Severino, era igual, e tudo era muito parecido com o que leu em Graciliano. Como os livros podem ser tão verdadeiros? "Um dia vou ser escritora", pensou enquanto olhava para Severino, sem ouvir o que ele falava.

Ovídeo não perdeu um gesto de Severino, imaginou a longa viagem e decidiu:

— Severino, fique até encontrar trabalho. Pode colher as sobras que estão no campo, colha a mandioca e tudo o que encontrar e que ficou sem ser colhido. Tem água, caça e pesca para matar a fome.

Ovídeo pediu para Bugre mostrar a casa de pedra para Severino arranchar e ajudar no que for preciso. Bugre chamou seu Ovídeo de lado e assuntou:

— Nunca vi agricultor matuto de mão fina. Se o rapaz tocasse viola estaria explicado.

Ovídeo ouviu o comentário e guardou. Voltou para casa e relatou a novidade para dona Lisa, enquanto Íris e Bugre ajudavam Severino a se acomodar. Lisa lembrou que Osias queria fazer uma viagem, dessas de rodar o mundo. Desabafou para o marido:

— Osias não teve o tempo de viajar, mas este homem andou do sertão de Minas, quase na Bahia, até o nosso vale. Conheceu mais do que Osias pôde conhecer. Por onde será que anda Osias, meu Deus? — Ovídeo calou.

Íris acompanhou Bugre e Severino até a casa de pedra, ajudou na acomodação do visitante e colheu lenha para acender o fogão. Íris se achegou a Severino e confiou-lhe que sonhava viajar, queria sair do vale, deixar a Fazenda das Garças, mas que nunca teve coragem de falar para o pai. Bugre, acocorado, ouvia a conversa.

— Quero ser escritora, quero escrever para aprender sobre a vida.

Severino ouvia o relato da moça enquanto quebrava gravetos secos para acender o fogo. Parou a tarefa, olhou para Íris e perguntou:

— Será que a gente tem que viver primeiro e escrever depois? Ou viver e escrever são a mesma coisa?

Íris ouviu e respondeu:

— Escrever não sei, mas sei que ler ensina alguma coisa da vida.

A casa de pedra onde Severino foi alojado tinha história. Foi o primeiro abrigo do jovem Ovídeo quando chegou ao vale. Estava limpa e o fogão a lenha fumegava. Íris foi buscar cobertor, panela, talheres e uma esteira que estendeu no chão batido. Ela e Severino ficaram assuntando até que escureceu. Bugre achou que era hora de ir para o rancho.

Depois de ouvir as histórias de Severino, Íris pensou em contar para o pai sobre o plano de estudar, de trabalhar na cidade e cursar jornalismo. No entardecer do outro dia e do outro e do outro, revisitou a casa de pedra para ouvir a fala de Severino. Gostou daquele homem que não tinha calos nas mãos. Cuidou do visitante, que retribuiu, dando-lhe um livro que o acompanhou na viagem. Severino não sabia de mulher desde que deixou a serra. Sentiu o cheiro de Íris, que o excitou. Tentou se conter até que ela, de um salto, montou no corpo de Severino deitado sobre a esteira.

Tinha sol de primavera antes da hora da sesta. Na cozinha, o silêncio da família acusava preocupação com a nova amizade de Íris. Dona Lisa assava pão, Íris lavava pratos, seu Ovídeo e o filho tomavam café. Foi Nehemias quem desarrochou a língua e foi ao ponto:

— Quem é este visitante que está morando na nossa terra? Não fui eu quem deu abrigo. Agora o senhor tem que segurar a Íris, seu Ovídeo.

O assunto bateu nos ouvidos de Íris, que enfrentou o irmão:

— É gente que nem eu e você. Por que ele não pode ter um descanso? É um retirante, um homem sem nada, mas decente.

Nehemias falou alto para Íris:

— É isso que dá você não fazer nada na vida e gastar tempo com livros. Você precisa trabalhar. Ler e escrever não põem pão na mesa!

— Pois cada um que escolha a sua enxada na vida. A minha é a palavra. — Íris falou encarando o irmão e juntando os seus livros e cadernos sobre a mesa. Um livro caiu-lhe das mãos. Nehemias o recolheu do chão e leu o título em voz alta:

— *Las Venas Abiertas de Latinoamerica*, Eduardo Galeano. Deve ser uma baboseira qualquer.

— Uma baboseira que eu ganhei de Severino — reagiu Íris —, estou lendo com muito gosto.

Na varanda: Pela manhã Ovídeo seguiu para a cidade acompanhado por Bugre e Íris. Ela dirigia o carro, cabeça pensando em Severino. Na porta da cooperativa Bugre e Ovídeo se juntaram aos homens que proseavam e Íris sentou-se ao fundo do auditório. Nehemias, Enrico, outros agricultores da vizinhança e Querubim participavam da assembleia ordinária da cooperativa. Ovídeo entrou no auditório durante a abertura da sessão presidida por um agricultor de corpo miúdo, musculoso, talhado pelo trabalho e sem nenhuma familiaridade com o microfone. Sem jeito, ele abriu a assembleia e passou a palavra para o doutor Enrico.

— Sei que é difícil deixar o trabalho nas fazendas, a presença de todos mostra a importância da cooperativa. — Enrico falou da importância de proteger as cabeceiras dos rios e nascentes. — Algum dia, nós vamos ficar sem água para beber na roça e na cidade, se não fizermos o que precisa ser feito. Proponho organizar uma força-tarefa para avaliar a situação de cada propriedade que participar do projeto.

Um vozerio dos agricultores encobriu a voz de Enrico quando Nehemias pediu a palavra:

— Doutor Enrico, eu acho que é o governo quem deveria fazer todas estas obras. Eu pago imposto, não é para isto?

A palavra de Nehemias provocou um vozerio, cada um com uma visão diferente. Enrico, conhecedor das dificuldades de convencimento, disse que falaria de um exemplo. A plateia silenciou para ouvir.

— Quero relatar o que presenciei na Fazenda Garça Branca, a sua propriedade, seu Ovídeo. Faz seis meses que eu passei por lá e expliquei que as nascentes precisavam ser cercadas para evitar os catetos e que seria necessário utilizar plantas que perenizassem os mananciais e que a barragem precisava de proteção, para não se romper nas chuvas. Eu levei as mudas que deveriam ser plantadas na cabeceira e nas margens do córrego. Fiquei surpreso na inspeção de rotina que fiz na semana passada sem que o senhor Ovídeo ou Nehemias soubessem. Encontrei todos os reparos feitos com detalhes que merecem ser conhecidos. Eu quero parabenizar Nehemias e o senhor Ovídeo pelo cuidado que tiveram e pedir que permitam que o nosso grupo de jovens agricultores conheça o trabalho realizado.

Ovídeo achou que foi Nehemias quem fez o trabalho. O filho, por sua vez, olhou para o pai, e achou que Íris e Bugre haviam feito. Dirigiu-se até eles e perguntou:

— Quem fez o trabalho?

Bugre respondeu:

— Foi Severino.

Nehemias deixou o auditório batendo pé. Juntou a família e falou:

— Vocês percebem o que este retirante anda fazendo? Como foi se intrometer nas coisas da fazenda? Quem é ele? Praga maior do que a seca dos córregos é dar abrigo a essa gente que aparece sem mais nem menos na terra dos outros.

Íris prestava atenção na reação do irmão. Seu Ovídeo pensava e o Bugre ouvia calado. Nehemias prosseguia:

— Parece um cigano, um ladrão. Eu tenho vergonha que a minha família abrigue essa gente. Já vão seis meses que esse tal está na nossa terra. E parece que a Íris está é gostando do forasteiro. — A irmã olhou para os três e afirmou:

— Eu sabia que o Severino estava arrumando as nascentes, ele me contou, só quer ajudar. E eu gosto dele sim!

Seguiram todos para a fazenda, Íris sozinha em um carro, Nehemias, Ovídeo e Bugre em outro carro, percorreram os vinte quilômetros do asfalto até a Fazenda Garça Branca. Na porteira estranharam o movimento de carros na fazenda e viram homens parados na frente da casa. Cinco carros cinza sem placas, homens sem uniforme armados com fuzis e metralhadoras.

— O que está acontecendo aqui? — perguntou Ovídeo ao descer do carro. Entrou na casa e viu dona Lisa chorando no canto da cozinha. No chão estava Severino caído, ensanguentado e com o rosto desfigurado. Dois homens arrastaram o retirante para um dos carros, os outros seguraram Íris pelo braço e a levaram para outro carro.

— A sua filha vai seguir para interrogatório no aparelho usado pelo terrorista — falou um dos homens dirigindo-se a Ovídeo, depois entrou no carro e saíram levantando poeira. Ovídeo foi até aos dois homens que permaneceram fazendo guarda. Perguntou quem era o tal do terrorista, o que estava acontecendo e tentou seguir na direção da casa de pedra para alcançar a filha. Foi parado por um dos homens que empunhava uma metralhadora:

– O senhor fique calado que nada vai lhe acontecer. A gente só quer fazer umas perguntas para sua filha, para o senhor e para sua esposa. Queremos saber como o senhor conheceu Severino. – Ovídeo explicou da chegada do estranho na propriedade, informou que Severino veio de Minas Gerais, que foi trabalhador rural, que estava apenas ajudando o homem. E perguntou:

– O que este homem fez de errado? Vocês são policiais?

– O homem que vocês abrigaram não se chama Severino. O seu nome é Tobias. Ele não veio de Minas, mas sim do norte de Goiás, de São Geraldo do Araguaia. Não é agricultor, é guerrilheiro. Não chegou aqui por acaso, veio orientado por outro guerrilheiro de codinome Claro, cujo nome era Osias.

Ovídeo e Lisa ouviram o nome do filho, se entreolharam. Ovídeo perguntou:

– O nome era Osias, o senhor disse? O senhor conhece Osias?

O homem da metralhadora respondeu:

– Quanto menos o senhor perguntar, tanto melhor. Acho que o senhor merece saber que Tobias era amigo de Osias e que nenhum dos dois vai causar mais problemas. – Todos os homens saíram da casa, entraram nos carros sem placa e seguiram para o asfalto, deixando Bugre, Nehemias e Ovídeo em pé na entrada da casa. Lisa chorava no canto da cozinha.

A casa tinha sido toda revirada, as roupas estavam jogadas no chão. O quarto de Íris foi revistado e as portas do armário arrancadas. Os três voltaram para a cozinha onde se sentaram prostrados. Bugre lembrou de Íris e correu até a casa de pedra. No canto do cômodo encontrou-a nua, desmaiada. Bugre a

ACERBA DOR 81

cobriu com um lençol e deu-lhe água de beber, enquanto ela recobrava os sentidos:

— Eles me fizeram perguntas que eu não sabia responder.

Bugre ajudou a menina a se vestir e ela caminhou apoiada no braço do índio. Íris abriu a tampa de um jacá encostado fora da casa de pedra. Pegou o livro que ganhara de Severino e retirou uma carta manuscrita. Sentou-se por um momento e releu a carta.

Companheiro Severino,

Se as coisas derem errado na operação desta semana, siga para São Paulo. Se precisar de abrigo siga para o Vale do Paranapanema e procure pela Fazenda Garça Branca, em Itaí, onde vivem os meus pais. Vários dos nossos companheiros estão fugindo para locais seguros. As coisas por aqui estão insustentáveis. Eu decidi ficar. Os meus pais são gente do bem, mas nada sabem da minha militância. Algo me diz que você será bem recebido, caso precise.

Obrigado por tudo o que me ensinou. Do seu quase irmão, Claro.

São Geraldo do Araguaia, 12 de abril de 1973.

Choveu: Ovídeo percebeu o sinal da aproximação da chuva. A superfície da represa estava marcada pelo vento. Apertou os olhos e avistou a chuva rodeando, a margem distante e imaginou o cheiro de terra molhada. A chuva chegou na hora certa.

Leu as manchetes do jornal da capital da antevéspera: o exército israelense não alcançou todos os objetivos contra a Síria, tudo indicava que começaria uma batalha decisiva no Sinai, os jovens seguiam para as frentes de batalha, no deserto travava-se a luta mais violenta. Em São Paulo, ocorreram 367 crimes em 53 horas. Em Brasília, Geisel receberia Portela, e Burle Marx faria de São Paulo uma cidade mais bonita. Os vinte anos da Petrobrás seriam comemorados, as cooperativas pediam subsídio para o leite e retomaram-se as exportações de café. No Paraná, os cafeicultores enfrentavam uma nova doença, a ferrugem.

Preferiu ler o jornal da cooperativa e viu a matéria assinada por Íris: *Agricultores se preocupam com o meio ambiente: Sob a liderança do engenheiro agrônomo Enrico Miele, os produtores da região do Vale do Paranapanema se organizam para recuperar áreas degradadas.*

Ovídeo leu a matéria com uma ponta de orgulho. A filha encontrou o caminho. A decisão de mudar para a cidade e de cursar jornalismo trouxe bom resultado. Os federais não se preocuparam mais com ela. Ovídeo respirou fundo, deixou os jornais sobre a mesa da varanda e entrou na casa. Nehemias mais a mãe observavam seu movimento. Viram-no fazer um telefonema, mas não ouviram do que se tratava. Só se moveram quando Ovídeo falou com eles.

— Vou até o rancho do Bugre. Preciso ter uma prosa com ele.

Ovídeo seguiu com o passo firme, observado pela mulher e pelo filho. Depois da notícia sobre Osias, o silêncio ganhou espaço naquela casa. Ovídeo voltou em alguns minutos e, encontrando Lisa sozinha, fez um pedido:

— Lisa, chame Nehemias e telefone para Íris. Peça para eles chegarem aqui no final da tarde. Eu e o Bugre vamos esperar no rancho das garças. Quero todos vocês por perto.

Ao final da tarde, o vento que trouxe o cheiro da terra molhada trouxe também uma chuva criadeira. Lisa, Nehemias e Íris se aproximaram do rancho e viram Ovídeo e Bugre sentados defronte ao barco amarrado no tronco. Chegaram mais perto, já dava para ouvir o bacbac da água batendo no casco da voadeira. Avistaram a indiazinha parada ao lado de um vaso de barro que ela mal podia carregar. Quando todos se aproximaram, Ovídeo fez um sinal. O Bugre tomou nas mãos uma pá e abriu uma cova redonda e funda onde a indiazinha depositou a urna funerária. O Bugre cobriu a urna com terra molhada, que socou até formar um monte redondo firme. Ovídeo tirou o chapéu e rezou por seu filho. Lisa, Íris e Nehemias calaram. Bugre entoou um canto ritual. Quando o silêncio tentou voltar, ouviu-se o bac-bac do vento, na água, no barco, nos ouvidos, nas almas. Ovídeo colocou o chapéu, olhou para a família e disse:

— Agora vamos para casa. — Chamou o Bugre que puxava a indiazinha para o bote: — Bugre, amanhã você vai buscar as sementes e o adubo na cooperativa.

Bugre deu um grito de felicidade e saiu levando a cunhantã, enquanto Ovídeo, Nehemias e dona Lisa caminhavam na direção da casa sem fazer conta da chuva grossa que caía, molhando a terra.

Na Linha do Equador

Em Macapá: Aziz deixou o bar onde conversava com amigos, circundou a praça e caminhou, ronceiro, até o obelisco. Sem interromper o seu *otium cum dignitate*, aproximou-se do marco de concreto que define a Linha do Equador. O monumento, um falo ereto, atrai os olhares para o cimo onde existe um círculo, vazado no concreto. Em determinado horário a sombra do obelisco se projeta sobre a mureta. "Sobre a Linha do Equador as sombras têm sempre o mesmo tamanho", pensou Aziz ao sentar-se sob a copa de uma árvore para proteger-se do sol. Economizando os movimentos, ele sabia que no Equador as sombras não sossegam a quentura.

O mormaço, como um abraço indesejado, insinuou-se fazendo-o sentir o calor com o qual se acostumara desde a infância. Aziz se lembrava do moleque brincante que foi, íntimo dos igarapés da foz do Amazonas. "O rio não tem margem definida, o que é terreno firme pode virar brejo e depois voltar a ser terreno firme, como a vida da gente", pensava.

Do local onde estava, avistou um casal de turistas a fazer *selfies*, capturando o monumento ao fundo. "Um marco divisor", pensou Aziz, a remoer a dúvida de como responder à calúnia plantada por Ilda, sua filha mais velha. Deveria seguir o conselho de Lázara, sair do Curiaú, voltar para Macapá e morar no bairro da Favela?

– Sem olhar para trás, passado é passado – dizia Lázara para o pai.

"Minhas filhas, não entra na minha cabeça como podem ser farinha do mesmo saco", pensou Aziz. Olhou para o casal que ria em alta voz e disparava fotos do celular. Lembrou-se de fotos tiradas na infância de Ilda e Lázara. Hoje seria impossível juntar as duas irmãs.

O mormaço trouxe o cheiro familiar das águas do Amazonas que não muito longe dali recebe os rios Paru e Jari. Aziz pensava nas águas vindas das terras dos índios ao norte, trazendo terra desbarrancada, mercúrio derramado pelos garimpeiros e gritos da floresta. Pensava na vida ribeirinha. O rio engole os igarapés menores, o Mutucá, o Curiaú, até entender que o seu fado é ser engolido pelo mar.

Revirava memórias de quarenta anos passadas naquele bar, Nova Mazagão, que sobreviveu às mudanças da cidade. Lembrou-se de quando curtia o tempo livre de homem desempregado, recém-chegado a Macapá, recém-casado e recém-futuro pai. Lembrou-se das identidades que revelou nas entrevistas feitas em busca de trabalho. Algumas verdadeiras, outras apenas sonhos de um jovem, que contava para os entrevistadores como se fossem fatos reais. Aziz se surpreendia ao descobrir detalhes sobre si. Perdia horas de sono nas noites que antecediam aquelas conversas burocráticas. Suava frio antes de ser recebido pelos entrevistadores. Alguns, mais sensíveis, ouviam-no para entender as pretensões e conhecer a experiência do jovem.

Em uma dessas entrevistas, contou a história do pai, mascate que carregava uma mala com amostras das roupas, desembrulhadas e reembrulhadas a cada parada do barco. Pelas vilas ribeirinhas da foz do Amazonas o velho Salim sabia vender como nenhum outro mascate. Sem receio, deixava as peças a serem pagas na próxima visita. Lembrou-se de quando revelou ao pai a vontade de ir para Belém cursar engenharia na Universidade Federal do Pará. Contava quase tudo para seu Salim, escondia do pai apenas a parte boêmia dos relatos e as putas do porto que terminavam as noites de trabalho na república de estudantes.

Repetiu o primeiro ano. Mas não se arrependia. Um ano perdido pode ser, na verdade, um ano ganho, pensava. Lembrou-se da morte do pai, da embarcação que bateu nas toras sem dono que descem o rio como cadáveres flutuando na ilegalidade amazônica do contrabando de madeiras. O corpo nunca foi encontrado, ficou no fundo do rio. A morte de seu Salim apressou a conclusão do curso de engenharia. Aziz se aprumou, diminuiu as visitas aos puteiros e cursou as disciplinas que faltavam para se formar. Quando voltou para Macapá haviam passado dez anos. Encontrou a cidade tão transformada quanto o olhar que tinha sobre ela. Ao mesmo tempo que fazia entrevistas nas empresas, prestou concurso público para o cargo de fiscal de obras na Prefeitura de Macapá. Esperava pelos resultados matando o tempo no bar Nova Mazagão, a conversar com amigos tão desocupados quanto ele.

— O senhor pode bater uma foto? — A pergunta fez Aziz cair em si. Estava no bar Nova Mazagão ao lado dos amigos, quarenta anos mais velhos e com as mesmas manias. "Ninguém muda na essência, quem era filho da puta continua filho da puta", pensou Aziz. Como um arqueólogo que com um cinzel remove a terra de um fóssil recém-encontrado, explorou as camadas da memória.

— Claro que posso.

Lembrou-se de Rosilda, sorridente com a notícia da gravidez. Semanas depois ela estava novamente no bar, com a barriga saliente e com a carta da prefeitura nas mãos anunciando o emprego. Cavou mais um pouco e lembrou-se do nascimento de Ilda e da chegada do médico com o estetoscópio ao redor do pescoço. Disse, sem nenhuma emoção, que Rosilda não sobrevivera ao parto.

Aziz tinha emprego e era pai, mas Rosilda não era mais a companheira com quem misturava o corpo molhado de suor e cheio de prazer. A cunhada ajudou a criar a menina, as despesas e as visitas semanais eram por conta de Aziz. Agora, décadas mais tarde, sentia-se como um homem clivado, sentado sobre a linha que divide o mundo e com um mundo de coisas a resolver. Ilda e Lázara eram dois hemisférios opostos.

— Obrigado pela foto — agradeceu o rapaz, puxando a companheira pelo braço na direção do rio.

Avistou Lázara, que se aproximou e falou com firmeza:

— Pai, falei com Nazaré, ela concordou. Vamos seguir juntos, para morar no bairro da Favela, aqui em Macapá.

No Curiaú: O trabalho na prefeitura fez com que Aziz desse talho a cada trecho da estrada de oito quilômetros entre Macapá e o Quilombo do Curiaú. Rodava pelos caminhos saboreando o trajeto até o posto que a Prefeitura de Macapá mantinha no Quilombo. A viagem não o incomodava, pelo contrário, gostava de cruzar de déu em déu pelas vilas. Fronteira, Campina do Canto do Beco, Canto do Pucinho, Canto do Bibiano, Supriano, Canto do Jacari, Canto da Picada da Bina. Aziz matutava os nomes, que por certo ocultavam alguma história. Quem teriam sido Bina, Bibiano, Supriano? Talvez escravos desatados dos ferros da construção da fortaleza de São José do Macapá, embrenhados na floresta.

Na primeira visita conheceu as lideranças e percorreu as frentes onde a prefeitura realizava as obras que deveria monitorar. Na segunda viagem, parou no Canto do Molemole e visitou o negro Azulão, líder da comunidade quilombola. Guardou a lembrança daquele dia. Foi quando furou o pneu do carro da prefeitura, obrigando-o a parar no caminho do Canto do Molemole. Desceu do carro e tentou até que abriu o compartimento onde deveria estar uma roda estepe. Merda de carro da prefeitura. Não tem estepe e nem ferramentas para trocar um pneu! Coisa pública, ninguém cuida. Não vendo rancho nem mocambo, nem sinal de gente por perto, resolveu esperar até que algum carro passasse. "Esta é a única estrada que liga o Quilombo a Macapá, alguém deve passar logo por aqui", pensou e sentou-se à sombra de um angelim sobrevivente da floresta que um dia cobriu toda a região. Baixou a aba do chapéu e ficou a vigiar quem se aproximasse das bandas de Macapá. O tempo passou lento e a sonolência veio sem avisar. Enquanto o pensamento apagava teve tempo de avistar o rio Curiaú, que fica à esquerda da estrada de quem segue na direção das vilas do Quilombo. O rio Curiaú é a estrada por onde os pretos fugidos da construção do Fortaleza de São José entraram para se esconder. Se afundaram na mata e povoaram a região. A cabeça de Aziz bambeava entre a realidade e o sonho.

Avistou algumas casinhas, apenas taperas cobertas de palha de Ubuçu e cercadas com Buritis. Casas precárias, quase abrigos, quando muito com assoalhos de Juçara de Caranã. Sem abrir os olhos, tomou a última gota d`água que restava na garrafa. Soube que ao longo do Rio Curiaú alguns posseiros haviam feito paragem. Os pretos do Quilombo os chamavam de *cabocos* e não escondiam a antipatia.

Aziz saltou de banda quando uma camionete apareceu do lado oposto da espera. Rangeu, levantou poeira e estacionou com o motor teimando em girar. Um homem negro saiu da cabine e se apresentou.

— Sou gente do Quilombo, do Canto do Molemole.

Mais tarde veio saber que era Azulão, o líder natural dos seis povoados espalhados pelos mais de 10 mil alqueires de terras do Quilombo do Curiaú. Aziz respondeu:

— Eu esperava que alguém chegasse do lado de Macapá para me acudir. O senhor chegou do outro lado. Está seguindo para Macapá?

— Não, não vou para Macapá hoje. Vim mesmo para socorrer o senhor, seu Aziz — falou o negro, apresentando-se sem um gesto de mão nem de olhos. Apenas o rosto duro e a fala curta. Aziz perguntou:

— Como sabe o meu nome e como me achou por aqui?

— Sabendo — comentou Azulão, que examinava a roda com o pneu furado.

"Parece que os habitantes do lugar monitoram cada passo dado dentro dos limites do Curiaú", pensou Aziz. As estradas, ruas, casas, tudo era vigiado de algum jeito. O Quilombo, limpo e arrumado, destoava da periferia de Macapá, com que faz divisa. Entrar no Quilombo era uma experiência que Aziz apreciava, era um lugar onde as coisas pareciam funcionar, ainda que não soubesse como.

— Vou colocar o estepe do meu carro no seu. Vai dar para rodar até a minha casa.

— Lá tem quem faça o reparo? — A pergunta de Aziz ficou no ar enquanto Azulão trocou a roda. Foram muitas as vezes que Aziz se acoitou na casa de Azulão, assuntando de barba e barba. Sentados à mesa da cozinha, Aziz ouvia histórias e histórias daquele homem talhado pela vida do Quilombo em quem todos confiavam. Ouvia com gosto de quem saboreia uma comida rara.

Ao longo dos anos, Aziz, já casado com Nazaré, manteve o hábito de parar na casa de Azulão, que lhe apresentou cada canto das vilas de Curiaú de Dentro, Curiaú de Fora, Casa Grande e Curralinho. E Azulão contava e dobrava a recontar seus causos.

— Os *Chapéu Branco* aceitaram ir trabalhar no Beiradão de Laranjal do Jari. Foram, trabalharam, e receberam nada. Voltaram cheios de histórias sem crença. Contaram que viram um barco chegar do Japão com uma fábrica inteira na canga, que o barco parou e acomodou em cima de estacas de maçaranduba dentro d'água, que arrancaram a floresta e plantaram eucalipto, que fizeram uma cidade na outra margem do rio com calçamento, casa, mercado, hospital e tudo, que o americano rico fez uma casa no topo do morro com varanda guardada por tela de onde se avista a curva do Rio Jari, que trouxeram búfalo e plantaram arroz e deitaram trilhos de ferro para carregar madeira e que todo mundo ia enricar. Que nada! Voltaram para o Curiaú com as mãos tapando as vergonhas. Os estrangeiros vivem rondando o quilombo. Cada vez aparece um sotaque diferente, uns de uma igreja, outros de uma fundação, todos querendo resolver os nossos problemas. Que problema? Chegaram falando que tinha que colher o sangue da copaíba, que as mulheres tinham que fazer rede e cesto e joias com sementes da floresta para ganhar dinheiro, que as crianças tinham que estudar. Das universidades vieram querendo saber das nossas histórias, das sabenças dos mais velhos, escrevem tudo o que ouvem, gravam e até fizeram filme da gente. E mudou alguma coisa? Mudou nada, nadinha. Vieram os *Caboco* de fora e precisou juntar gente nossa para furar e colher o óleo de copaíba, vazado pelo furo feito no tronco. A dona Maria José, mãe da Nazaré, fazia muita cura com o óleo da copaíba, mas agora as árvores morreram cheias de furos. Ninguém cuida para saber se uma árvore já foi vazada e ela não consegue encher as tetas de novo com óleo. Vai que vai, de furo em furo e a árvore morre, os *Caboco* vão embora e dona Maria José não acha mais copaíba por perto para cuidar das feridas. E as festas de São Joaquim? As ladainhas cantadas em língua de padre? O costume de casar mulher só com gente do quilombo? Os costumes do uso coletivo das roças e pastos? Tudo mudado!

— E a reserva do Iratapuru? — quis saber Aziz.

— Ah, fica lá para os lados de Nova Mazagão, seguindo na direção de Laranjal do Jari — falou Azulão pitando um palheiro e apontando na direção da mata. — É terra do governo, parece que o presidente, lá em Brasília, assinou o papel e criou a reserva nacional. Criou mas descriou, porque todo mundo entra e sai, tira castanheira, mogno e tudo o que quiser, encosta um caminhão, descem os caboclos com motosserras na mão e zum, derrubam as árvores, cortam tudo em corte raso e serram as toras ali mesmo. Outro caminhão encosta e leva embora as toras boas que vão para o rio e seguem que nem defunto morto, boiando rio abaixo. Ninguém nunca sabe quem é que pega, mas todo mundo sabe que pegam, todo mundo tá vendo. Um crime, porque dizem que a floresta é reserva nacional, então não devia ficar virgem?

Naquele dia, Azulão interrompeu a contação de causos com a chegada de Joana, acompanhada de dona Nazaré e da moça Lázara. Joana, como sempre, não parava de falar alto, falava pelas três. A moça Lázara, que segurava ervas recém-colhidas nas mãos, aproximou-se, olhou para o rosto de Azulão e perguntou desprovida:

— O senhor vai ser sempre amigo do meu pai?

— Claro, menina, pergunte uma, duas e três vezes. Sou amigo e vou ser sempre. Vejo que a menina se preocupa com o pai, isso é bom. — A moça Lázara desviou os olhos de Azulão e continuou a ajudar a mãe na casa dos partos. Aprendia a cada dia o preparo dos unguentos com folhas da mata.

— Seu Azulão, não se apoquente com a faiscagem dessa menina — respondeu Nazaré —, de uns tempos pra cá ela deu pra fazer perguntas esquisitas desde que começou com as curas. Lázara conhece o uso das ervas, atende quem pede. Minha menina sabe fiar, costurar, fazer cestos e potes, cozinha que só vendo e está ficando cada dia mais bonita. — Lázara corou, todos olharam para ela, que baixou os olhos mirando o chão.

Na casa de Azulão: Nas visitas que Aziz fez à casa de Azulão, sempre conversaram longamente. Aziz ouviu, com gosto, as histórias que o negro contou. Meias-verdades ou até mentiras, eram boas de ouvir. Na vila do Molemole, as crianças corriam soltas, entravam pela porta da frente das casas, assaltavam a geladeira e saíam pela porta dos fundos. Joana, mulher de Azulão, não ligava, e o marido, de pouco riso, sorria da molecada da vila. Joana, cabocla pequena e forte, trabalhava e falava sem parar, mesmo estando só ela mais ela. Às vezes Joana chamava as crianças. Vamos brincar de namoradinho? A resposta da bacurizada vinha em coro: Vamos! E seguiam na cantoria alternando os meninos e as meninas.

Ai! Caí dentro do poço,
até onde bate a água?
No pescoço.
De quem é a culpa?
Da Maria.
Por causa do quê?
De um beijo e um abraço.

Aziz soube dos conflitos dos quilombolas com os *cabocos* da beira do rio, e comentou:

— Não foi em uma folia de São Joaquim que os *Chapéu Branco* se pegaram com um grupo de *Cabocos* que se divertia no bairro? Eles traquinaram com a cantiga da rezadeira que fala na língua dos padres. Deu no que deu. Os *Chapéu Branco* não gostaram da gozação e baixaram o pau nos invasores. — Aziz já trabalhava no Quilombo quando o entrevero aconteceu. Continuou a falar: — É, seu Azulão, foi na noite que eu conheci Nazaré, irmã de Rosilda e filha de Domingos, que é um *Chapéu Branco*. Ela contava histórias para as crianças que rolavam no chão. Quando a briga começou, saímos do terreiro com as crianças. Eu ajudei Nazaré naquela noite e não deixei mais a companhia dessa mulher. Ela encheu o espaço deixado por Rosilda.

Durante as conversas, Aziz conheceu os problemas do Quilombo, que tentava resolver na prefeitura em Macapá. Aziz mais Azulão fizeram projetos de reforma das moradias, conversas com a comunidade, a feira dos produtos do Quilombo em Macapá. Aziz conseguiu um caminhão da prefeitura que chegava pela madrugada, carregava os produtos e levava para o mercado. Todas as semanas as bananas, mandiocas e frutas eram misturadas com os tipitis, cachimbos e alguidares que, vendidos na cidade, completavam a renda das famílias. A primeira feira acontecia perto da Rádio Difusora. A produção cresceu, o local ficou acanhado e a feira mudou para a Rua Independência. Depois a produção cresceu mais e a feira foi parar atrás da Igreja de São José.

Um ano depois da morte de Rosilda, Aziz encontrou seu Domingos e pediu para casar com Nazaré. A tez africana de Nazaré e o seu rosto alongado lembravam as mulheres do norte da África. Aziz era respeitado pelo trabalho na prefeitura e ganhou a amizade de Domingos e de Azulão. A liderança permitiu que o casal morasse no Quilombo, quebrando a tradição de que a mulher casada com branco de fora deve deixar o local. Domingos viveu em Laranjal do Jari, trabalhou na empresa do gringo americano que trouxe uma fábrica pelo mar, saindo do Japão.

— Se eu contar ninguém acredita. O navio atravessou o mundo, subiu o Amazonas, entrou no Jari e lá ficou, apoiado em cima das toras de maçaranduba fincadas na margem do rio. Eu mesmo ajudei a cavar o cocho onde encostou o navio – explicou Domingos, quando Aziz ligou os fatos.

– Pois é, seu Domingos, a fábrica veio pelo mesmo trajeto que os negros vieram, muito tempo antes, para construir a fortaleza de São José. Só não teve gente se jogando no mar para curar o banzo.

Aziz sabia que seu Domingos percorreu várias vezes a estrada BR-156, que vai de Nova Mazagão a Laranjal do Jari, para trabalhar na construção da fábrica de celulose. Pensava: "Quem trabalhou na obra não fez dinheiro, alguns ficaram no Jari e outros retornaram para o Quilombo cheios de experiências. Seu Domingos preferiu retornar para o Curiaú". A esta altura, Aziz já era tido como gente da raça e para a prefeitura era bom ter um funcionário vivendo no Quilombo.

Na casa de Azulão chegavam as demandas dos moradores, que ele contornava e resolvia. Os turistas começaram a aparecer na prainha do rio. No início, não existiam cercas e os barcos ancorados não tinham dono. Era assim, quem precisava, usava. Um dia, Aziz presenciou um homem descalço, que trajando um paletó mais um chapéu chegou de cabeça baixa.

– Boa tarde, seu Quim, por que roupa de enterro? – perguntou Azulão, que ouviu a resposta:

– O Gentil fincou uma cerca no terreno onde eu ponho uma roça todos os anos. Os turistas que chegam têm que passar pelo terreno dele e parece que ele vai abrir um boteco pra vender cachaça e cerveja. Isso não está certo, o senhor acha?

Seu Azulão meneou a cabeça e foi a vez de o Gentil falar:

– O açaizal onde meu pai e o pai do meu pai usavam colher os frutos, agora o filho do seu Paixão cercou e só ele é que colhe. Está certo isso?

Azulão ouviu e comentou para Gentil e Aziz ouvirem:

– Sei o que anda acontecendo. As coisas estão mudando. Antes nada tinha valor, mas agora, tudo é posse de alguém. As pendengas aparecem e o povo vem bater na minha porta para eu arrumar o que já estragou. Tivemos uma dificuldade danada para conseguir a titulação da terra do Quilombo, muitos queriam registrar sozinhos o seu pedaço.

Aziz e Quim ouviram concordando e Azulão prosseguiu:

– O pessoal da universidade que vem aqui estudar a gente acha que tudo é uma maravilha. Estão enganados. Tudo já tem preço, cada um olha por si, sobraram poucos com as ideias antigas. O senhor, que vem de fora mais dona Nazaré e a menina Lázara, tem mais a ver com o Quilombo do que essa moçada que está por aí.

Azulão olhou para Aziz e lembrou do dia em que nasceu Lázara:

– Tenho lembrança, a sua casa ficava no final da rua, duas janelas e a porta de madeira, sem adereço. Era manhã de inverno, dona Nazaré estava embuchada e a chuva caía como uma cortina, sem vento. Eu rodeava enquanto o senhor fazia o café para Nazaré. A água escorria pelo meio das ruas de terra não dando chance para o caminhão chegar de Macapá. Uma batida na porta acordou a gente de um cochilo. Não se esperava ninguém naquele dia. Era Maria da Luz toda molhada com a sua trouxa de apetrechos de parteira. – Azulão recordava cada momento do dia do nascimento de Lázara. – Ela falou: vim cuidar da Dona Nazaré, as dores já começaram – Azulão prosseguiu. – A pequena nasceu ao final da manhã, quando a chuva parou de desabar e o sol faiscou nas poças d'agua. Lázara era o nome da menina e ninguém naquela casa perguntou como dona Luz soube da hora.

Lázara cresceu ouvindo as histórias de Nazaré, tendo Azulão e Joana por padrinhos. No Curiaú quase tudo é sabido, menos as coisas que Ilda, a outra filha de Aziz, fazia na prefeitura.

Ilda na prefeitura:

— Pode mandar os *cabocos* entrarem — ordenou Ilda falando ao telefone da sala da chefia do gabinete do prefeito. Na função de articuladora política, atendia os movimentos sociais, empresários e imprensa.

Ilda recebeu os cinco *cabocos* e os convidou a sentar, sem olhar para nenhum deles. Os *cabocos* obedeceram, estranhando o luxo da sala. Ilda tomou a palavra:

— Vou ser bem direta. Vocês foram expulsos uma vez das margens do Curiaú e nós sabemos que querem voltar para lá. Os quilombolas estiveram aqui reclamando da invasão. Eles não querem vocês por lá. Acho que vocês sabem que uma empreiteira quer fazer um hotel-resort para os turistas. Eu posso recolocar vocês no Curiaú. Para isto preciso da ajuda de vocês.

— A senhora pode explicar o que é resort? — perguntou Tomás, o líder dos *cabocos*.

— É um hotel de luxo — explicou Ilda. — Tem muito turista que quer conhecer o Quilombo do Curiaú. Vai ser uma atração turística. Vocês podem ter um papel nesse projeto. Quero que voltem a ocupar a área, com o nosso discreto apoio. Vou deixar um dinheiro para ajudar na sua organização. Não precisa de recibo, mas nós vamos cobrar o combinado. Depois vocês vão receber uma quantia da empresa que vai construir o resort e de sobra vão ter emprego no projeto. É pegar ou largar.

Os *cabocos* se entreolharam e entenderam tudo. Sem fazer perguntas, foram tratar dos detalhes com o assessor que os aguardava na outra sala.

Com a morte da mãe, Ilda foi criada pela tia em Macapá. Aproximou-se das lideranças políticas e logo assumiu funções que a levavam a lidar com investidores na área do quilombo e no entorno, onde o crescimento urbano acontecia. A mineração, a exploração da floresta, o contrabando e a prostituição eram atividades em alta. Buscavam-se áreas apropriadas para os empreendimentos e Ilda conhecia os caminhos do convencimento dos envolvidos. O plano com os *caboclos* era um exemplo. Em quatro semanas uma dúzia de famílias já acampava na área, para espanto dos quilombolas. O jornal, de propriedade de um madeireiro interessado no projeto, noticiava conflitos entre duas populações culturalmente enraizadas na região. Alegava no editorial que todos tinham o direito de permanecer na área, tanto os *cabocos* quanto os quilombolas. Ilda afirmava nos palanques:

— Somos democratas. As oportunidades são para todos.

O conflito poderia descambar em violência, pois os quilombolas estavam nervosos com a presença dos *cabocos*. As enquetes feitas pela empresa de estudos de opinião, que pertencia ao assessor do prefeito, indicavam que a população preferia uma intervenção para solucionar o problema. Algo como um novo projeto que criasse empregos para apaziguar os ânimos.

A notícia correu entre os moradores das comunidades do Quilombo, que não compreenderam. Eles tinham documentos de propriedade cujo valor era questionável. A área invadida foi delimitada e jagunços armados impediam a entrada de curiosos. Só as máquinas entravam para fazer a limpeza da mata e movimentar a terra, abrindo vias para a circulação dos futuros moradores. Aziz não podia entrar na área, pois a prefeitura foi alijada do projeto com base em decisão judicial que permitia a operação dos empreendedores. Tudo perfeitamente legal.

Lázara se inicia na pajelança: Ao entrar em casa Nazaré olhou para Lázara. Quando cansava, a menina sentava-se à máquina de costura e pedalava. Naquele dia, pedalou e pedalou sem parar, por algum tempo. Nazaré respeitava o tempo da filha, quando a menina ficava prostrada. De menina nada mais tinha aquela moça moura, de 26 anos, que andava por todo o Quilombo, do Canto do Molemole até a Canoinha do Canto do Beco. Curava, fazia partos e aconselhava a quem pedisse. Essa menina me saiu à avó, escritinha, pensava Nazaré, lembrando da sabedoria da sua mãe, dona Luzia, parteira e curandeira do Quilombo.

Nazaré olhou para Lázara, que tinha os olhos fixos na agulha da máquina. A cabeça se movia em movimento ritmado, os olhos a seguir os movimentos do pedal. Lázara balançava quando se punha a coser, a juntar pedaços de tecido, a reparar o malfeito, a refazer o esgarçado. Ela dava vida aos trapos que recolhia largados pelo canto das casas que visitava. Costurar a arrebatava como um ato meditativo. Bastavam alguns minutos a pedalar e o rosto de Lázara retomava a tranquilidade e os olhos recuperavam o brilho. Mais alguns minutos, ela cantarolava uma cantiga com a cabeça a acompanhar o pedal da máquina de costura. Assim se passava quando voltava das visitas aos doentes que a procuravam.

Nazaré falou com Aziz a respeito da menina. O pai achava que se era assim, assim deveria ser — era coisa de Deus, dizia e apoiava a menina nas pajelanças que fazia Quilombo adentro. Lembraram de quando, ainda menina, Lázara entrou na casa da senhora mordida por cobra. A moribunda, estirada na cama, respirava de pouco em pouco e suava muito. Parecia estar nas últimas. Aziz viu a menina colocar as mãos sobre a face da senhora, que abriu os olhos e acalmou a respiração. Todos viram quando a cobra apareceu ao pé da cama. A menina a pegou com uma mão, abriu a porta e jogou o bicho no mato. A história aumentou com o tempo. Uns juravam que a cobra falou com a menina, outros que a menina chamou a cobra e mandou desfazer o veneno. E muitos acham que a cobra era o tinhoso, expulso do corpo da adoentada pela menina.

Aziz se assustou da primeira vez que a menina recitou:

— *Novem glandulae sorores, octo glandulae sorores, septem glandulae sorores... una fil glândula, nulla fit glandula.*

Onde teria ouvido aquela fórmula? Funcionou. Todo mundo falou de boca em boca, a notícia se espalhou de cabo a rabo do Quilombo. Quem contava aumentava um pouco. Lázara, filha de Nazaré e neta de Luzia, fazia todo o tipo de cura.

Aziz ou Nazaré acompanhavam a filha para que ela não andasse sozinha pelo Quilombo. A menina foi virando a moça Lázara, que se encheu de carnes e virou Lázara mulher. Nas pajelanças usava ervas de cheiro que deixavam um rastro, fosse o doente salvo ou finado. Lázara acomodava do mesmo modo o sentimento da perda por morte, ou da alegria pela cura. O rastro era mais importante do que o destino. De pajelança em pajelança, aconselhava, indicava ervas, contava histórias da mãe-do-lago, da cobra-grande que bebe tafiá. Contra os males indicava puçangas, benzeduras, passes e defumações. Um dia Aziz lhe perguntou:

— Filha, onde você aprende essas coisas? — Lázara chamou Aziz e Nazaré com os olhos e respondeu com as mãos postas na máquina de costura:

— Os pajés sacacás viajam pelo fundo dos rios, têm porto de partida e de chegada, vestem casca de pele de cobra grande, não morrem, vivem encantados no fundo d'água.

Os pais se entreolharam e deram-se por satisfeitos. Devia ser coisa boa.

Ilda enriquece: O jatinho Citation pousou no aeroporto de Macapá, taxiou e parou defronte ao hangar. Assim que a porta do avião foi aberta, Ilda apontou na escada e desembarcou acompanhada por um homem. Ambos protegeram os olhos com óculos escuros. Ao vento, as roupas flamejaram e os cabelos voaram em desalinho. Alcançaram a pista onde um carro oficial os aguardava. O casal saiu por um portão lateral enquanto as malas, retiradas pelos funcionários da prefeitura, foram colocadas em uma van estacionada ao lado do avião. Acomodados no carro, o ar condicionado e os bancos de couro garantiam o conforto. Ilda beijou a face do companheiro falando ao seu ouvido, inclinando o corpo na direção do rapaz:

— Vando, adorei a viagem. Paris é uma eterna festa. Fazer um voo doméstico de Paris a Cayenne. Só você mesmo para pensar nisso.

– Eu também gostei, acho que precisamos repetir essas viagens. Na próxima semana vou voltar a Cayenne, acho que o dinheiro estará disponível. Quem sabe esticamos outro fim de semana em Paris.

Ilda meneou a cabeça e lembrou: – Preciso acelerar a contratação dos *cabocos* para o projeto. Não quero quilombolas por lá. Precisamos remover a floresta em um mês.

– Acho que você deve seguir direto para o Curiaú. Vá conversar com o seu pai.

O carro seguiu pelas ruas de Macapá, enquanto Ilda fazia ligações no celular.

Pôr do sol: No Quilombo, o final do dia é hora de conversa. Sentados à soleira da casa do Canto do Molemole, Aziz e Azulão assuntavam como de costume. Lázara, Joana e Nazaré entreouviam a distância, intervindo aqui e ali quando o assunto lhes motivava. A conversa fechava os temas do dia e atualizava informações. O assunto era a invasão dos *cabocos* com o apoio da prefeitura e o zum-zum sobre o projeto de turismo com pista de pouso que traria os turistas europeus.

– Parece que os investidores franceses têm mineração na Guiana e que os turistas vão sair de Paris e chegar ao Curiaú via Cayenne pousando em pista construída dentro do projeto – comentou Aziz, logo retrucado por Azulão:

– Eu acho que é invenção, como pode se a terra é do Quilombo? Não pode chegar gente aqui assim sem mais nem menos, invadir, fazer e desfazer.

– É, seu Azulão, não pode, mas fazem – afirmou Aziz. – Vocês têm uma posse, mas não têm documento com valor certo no cartório.

– E o senhor sabe de alguma terra que tenha posse certa nesse fim de mundo? – argumentou Azulão.

O rádio tocou uma moda e o locutor anunciou as mensagens trocadas entre o povo que vive nas vilas ribeirinhas. *Seu Mazinho pede para avisar a Bibiana que a vaca precisa de vermífugo e quando vier para o Lombroso é favor trazer uma caixa. O padre Zezinho avisa o Odair para trazer a papelada do cartório que senão o casamento não sai. A dona Binha avisa o pessoal do Beiradão que vai chegar dentro de três dias no barco desde Almeirim. Pede para todo o povo evangélico esperar por ela e para fazer um culto especial de inauguração do novo templo da igreja no Curiaú. E é para o seu marido esperar por ela no portinho da barra.*

Nazaré ouviu a rádio. Conhecia dona Binha. Tinha virado evangélica fazia tempo, mas depois que virou pastora, enricou rapidamente. Agora usa saias da moda e os cabelos compridos estão mais bonitos. Tudo mudava no Curiaú. Sabia que Aziz desgostava da gestão da prefeitura, que ele estava sofrendo. Olhando para Lázara, de esguelha, que estava mergulhada nos movimentos da máquina de costura, pedalando, entorpecida, pensou: "Está viajando pelo fundo dos rios".

Armadilha: Aziz atendeu ao chamado de Vando para uma tarefa urgente. Teria que ir até Nova Mazagão buscar um pacote para a prefeitura. Seria entregue em uma serraria. Aziz perguntou se havia algum protocolo.

– Não, não tem protocolo. Foi coisa urgente, nem deu tempo de requisitar o transporte da prefeitura. Use o seu carro, depois eu pago a quilometragem – orientou Vando.

Aziz estranhou mas cumpriu a ordem e seguiu para Nova Mazagão, onde encontrou o grupo de madeireiros, recebeu o pacote e retornou para Macapá. No caminho, recebeu outro telefonema de Vando:

— Seu Aziz, por favor abra o pacote e veja se tem cem mil reais. Estou a caminho do aeroporto. Deposite o valor na sua conta, não devemos andar com tanto dinheiro da prefeitura. Eu pego ainda hoje, na minha volta.

Ilda corrompe: — O senhor não tem nada a perder — falou Ilda para Azulão, que dirigia o carro a caminho do Canto do Molemole apoiando o celular entre o ombro e a cabeça. — É só explicar que o projeto é bom, todos vão ganhar algum dinheiro. Claro, claro, já disse que o senhor vai ter um lote e que eu vou inteirar um valor. Tudo dentro da lei, quem vai pagar não é a prefeitura. Eu vou ter que desligar, estou chegando na casa do meu pai.

Azulão seguiu para casa onde foi recebido pelo olhar de Joana, que falou de supetão:

— Eu não estou gostando nada desta história de projeto de turismo e da gente ganhar um lote. Não tem nada de graça neste mundo até onde eu estou sabendo.

Azulão bufou e atravessou a porta do quarto.

Ilda chegou na casa do pai, parou no terreiro batido, afastou a galinhada e entrou pela porta da cozinha.

— Bença, pai. Sua bença, dona Nazaré.

— Deus te abençoe, Ilda — respondeu o casal em uníssono. Ilda passou os olhos pela casa e achou Lázara sentada à máquina de costura ao fundo da sala.

— Como pode esta moça perder tanto tempo costurando e andando pelo Quilombo, visitando gente doente e desin-

ACERBA DOR 107

teressante? – comentou enquanto tomava um café ao lado de Aziz e de Nazaré.

A noite já se instalara quando Ilda foi para o terreiro à frente da casa. Sentou-se à luz da única lâmpada que projetava um círculo na entrada da casa. Rodeou até que entrou no assunto:

– Pai, acho que é tempo do senhor se aposentar, deixar esta casa e ir morar em Macapá. O Curiaú não oferece nada, nem sei como o senhor trocou Macapá por esta vidinha.

– Não está nos nossos planos.

– O senhor completou o tempo de aposentadoria, podemos acelerar o processo e conseguir um plano para ajudar na mudança para Macapá. A casa ainda está lá, perto do bar Nova Mazagão. Pode ser desalugada a qualquer momento.

Aziz encarou Ilda. Ela tinha o mesmo jeito de olhar da mãe, Rosilda. Olhou para Lázara e Nazaré que estavam ao lado do fogão.

– Elas sentiriam muita falta do Curiaú. Além do mais, gosto daqui, tenho amigos. Lázara trabalha ajudando os outros. Nossa vida está aqui.

– Lázara, Lázara! O senhor se preocupa demais com ela. Não está na hora de pensar um pouco no senhor? – falou com as costas voltadas para o pai. – O senhor tem duas filhas e eu acho que o senhor e Nazaré teriam uma vida melhor em Macapá.

– Mas, e a Lázara? – indagou Aziz.

– A Lázara pode ficar por aqui fazendo as curas dela. – Ilda girou sobre seus pés e topou com a meio-irmã que lhe oferecia biscoitos e uma chaleira fumegante.

—Tome, Ilda. Pegue os biscoitos, fui eu mesma que fiz, você vai gostar. Leve um pouco para a sua casa.

Aceitou, sem ter certeza se Lázara tinha ouvido a conversa.

— Aceita um chá gelado, Ilda? Peguei as ervas agora mesmo lá na horta. — Ilda tomou a xícara das mãos de Lázara, bebeu um gole e disse em meio-tom:

— O pai tem uma coisa pra te dizer. Veja se ajuda a convencê-lo a se aposentar e seguir para Macapá. Acho que vai ser bom para ele, e você pode escolher seguir junto ou ficar aqui pelo Quilombo.

Lázara olhou para o chão e respondeu assustada:

— Ilda, eu gosto de viver é aqui mesmo, tenho os amigos e o meu trabalho. As pessoas daqui precisam de mim.

— Trabalho? Ah, as curas. Deve ser muito importante para você, mas precisamos convencer o pai de que o melhor é ir para Macapá. — Ilda despediu-se sem pedir a benção e seguiu para o carro. Aziz, Nazaré e Lázara permaneceram sob a luz da lâmpada, no terreiro.

Reunião na prefeitura: A sala de reuniões estava lotada para a audiência pública convocada para debater o projeto turístico. Em Macapá só se falava do projeto dos franceses no Quilombo do Curiaú. Na primeira fila estavam os advogados dos investidores, prontos para dar os esclarecimentos, e na última fila, alguns moradores do Quilombo liderados por Azulão. Ilda abriu a sessão e falou do projeto gerador de renda e emprego:

— São os senhores e as senhoras que sabem o que interessa, ninguém tem o direito de decidir a não ser vocês. Afirmo que nunca se fez tanto para este Estado como nesse governo. Agora eu passo a palavra para o doutor Vando Tupinambá.

Vando apresentou os detalhes para o público e anunciou que o *resort* terá impacto na economia do Quilombo e de Macapá:

— Vamos gerar empregos, construir escolas e um posto médico equipado para pequenas cirurgias. — Ele demonstrava entusiasmo. Ilda, ao seu lado, abriu o debate para o público. Dez pessoas falaram a favor do projeto, em especial os *cabocos*, moradores recentes do Quilombo, e os funcionários da prefeitura. Em meio às manifestações, Aziz pediu a palavra e Ilda, mostrando desconforto, concedeu.

— Eu quero parabenizar a prefeitura pela iniciativa, mas gostaria que a comunidade do Quilombo tivesse sido ouvida antes da elaboração do projeto. Só soubemos dele recentemente. Por que tanto mistério? Quem é o grupo investidor? Quais são os parceiros locais? Vai ser preciso desapropriar espaços importantes para os moradores do Quilombo? Moradias vão ter que mudar de lugar?

Ilda interveio argumentando que todas as informações estavam disponíveis, mas o tempo se esgotava e as intervenções deveriam ser curtas. Dirigindo-se a Aziz, perguntou se ele ainda desejava se manifestar. Desconcertado, o pai comentou:

— Parece que tudo já foi dito. — Aziz foi interrompido por Ilda que, sem lhe dirigir o olhar, perguntou se existia mais alguém que desejava fazer uma breve fala. Azulão se manifestou, erguendo o braço de forma tímida.

— Sim, senhora, eu quero falar — balbuciou.

— Pois tem a palavra.

— Eu vi o projeto. Quem me mostrou foi a dona Ilda. Ela me escolheu porque sou uma liderança dos moradores do Curiaú. Eu li o projeto e aprovei. Os companheiros de

Quilombo podem ficar tranquilos que todos vamos ser beneficiados. Ninguém vai sair perdendo.

Azulão cumpriu a fala e entregou o microfone para Ilda. Passou ao lado de Aziz que lhe segurou o braço e olhou nos olhos do amigo. Azulão se desembaraçou e seguiu reto, sem falar.

A sala se esvaziou enquanto Ilda, Vando e Azulão conversavam. Aziz entendeu a natureza do grupo que se formara à sua revelia. Caminhou na direção da porta da sala onde Raimundo, funcionário da prefeitura, o alcançou:

—Seu Aziz, pode vir até a minha sala? — Aziz acompanhou o colega a quem conhecia desde que iniciou a atividade na prefeitura. Na sala, Raimundo sentou-se e pediu para o outro fazer o mesmo. Aziz percebeu que ele não achava jeito para começar a conversa.

— O que você precisa me dizer, Raimundo? Eu já ouvi de tudo hoje, qualquer que seja a notícia não vai me causar espanto.

— Tenho uma carta de afastamento que o prefeito encaminhou para o senhor. O senhor é acusado de uso da máquina pública em benefício próprio.

— Acusação? Do que sou acusado?

— A acusação é de recebimento de dinheiro da prefeitura na conta pessoal — explicou Raimundo. — O afastamento foi solicitado por tempo indeterminado, enquanto durarem as investigações. O povo do Curiaú está indignado com o que se fala, estão dizendo que o senhor aceitou dinheiro dos madeireiros. Acho que o amigo vai precisar contratar um advogado.

Aziz compreendeu, afirmando que não seria preciso advogado.

A dança do Marabaixo: Lázara tinha contatos com o grupo de dança de Marabaixo do bairro da Favela, em Macapá. A muito custo convenceu Aziz e Nazaré a conhecerem o bairro malfalado que, segundo se dizia, tinha um prostíbulo em cada rua. Receberam um convite para conhecer o centro de cultura, onde chegaram ao final da tarde. O som dos atabaques enfeitava o salão. Um grupo de crianças dançava sob a batuta do Nego D'Água, que sorriu ao avistar Lázara. Gritou, sem parar de dançar:

— Salve Lázara, esta dança é para você. Ouça o poema de Maria José Libório — falou o negro que trajava roupas coloridas e tinha a cabeça coberta por um gorro africano. As crianças começaram a cantar e declamar o poema.

A flor do campo é linda,
Mais linda a natureza,
Marabaixo da Favela,
Mostrando sua beleza,

Zé Severino era um homem,
Que tinha um bom coração,
Entregou `a minha mãe,
Sua santa de estimação,

Vim morar aqui na Favela,
onde minha mãe morou,
fazendo sua promessa,
Marabaixo ela criou.

Vou me embora, vou embora.
Pra minha terra eu vou.
Aqui eu não sou ninguém.
Mas na minha terra eu sou.

À Santíssima Trindade.
Pedimos a benção.
Ajude nós nesta luta.
Louvando voz em oração[1].

Enquanto as crianças dançavam e cantavam, Nego D'Água assuntava com Aziz:

— Soubemos que o amigo pensa em mudar para o bairro da Favela. Se decidirem vir, saibam que o tanto que temos de sujeira nas ruas temos de amizade por vocês.

Nego D'Água se afastou e foi organizar as crianças, que começaram a dança do Marabaixo. Começaram pela cena do barco negreiro saindo da costa africana. Os negros amontoados não conhecem o destino. Uma das crianças representa um negro que fala da dor do desterro. O menino tinha pouco mais de 15 anos, era alto e tinha traços longilíneos. O seu rosto se transformou quando ele subiu no praticável, qual a proa de um barco. Aziz viu que a criança chorava ao representar. Segurando-se no mastro o menino declamou:

— Sinto o cheiro de um mar que não conheço, sinto que se aproxima uma terra que nunca vi, sinto o peso da mão e dos chicotes que me açoitam o lombo, sinto o ódio dos que

---

1. Poesia de Maria José da Silva Libório, citada pela pesquisadora da Universidade Federal do Amapá, Mariana de Araújo Gonçalves.

ACERBA DOR

me prenderam sem razão, eles não sabem quem sou, mas aqui dentro estou intocado. – Sob o olhar espantado dos escravos presos como ele, saltou pelo mar abaixo. Os demais não correram para tentar salvá-lo, seria um contrassenso. Ele virou homem livre, no fundo do mar. Os tambores soaram na alma dos que assistiam à dança do Marabaixo.

Os olhares estavam presos na encenação da origem da dança. Nego D'Água, ao final, contou mais histórias vindas do norte da África, narrou a expulsão dos habitantes de Mazagão, que fugiram da expansão muçulmana, vindo fundar Nova Mazagão. Vieram brancos e negros. Contou dos escravos que construíram a Fortaleza de Santo Antônio entre 1730 e 1780. Nego D'Água falava do centro do palco. Calou quando viu um senhor negro que atravessou a porta do salão da comunidade. Reconheceu Azulão.

– Entre e se achegue, seu Azulão.

– Já estou em casa, Nego D'Água, eu assisti do canto a apresentação da meninada. Vim para combinar uma visita dos turistas franceses para ver uma dança de Marabaixo. – Azulão não esperava encontrar Aziz e sua família.

– Pode sentar, seu Azulão, vamos ouvir o final da declamação das crianças, depois eu atendo o senhor. – Azulão sentou-se ao lado de Lázara para ouvir a declamação final.

Somos raça guerreira
de uma grande nação
vencemos as barreiras
de uma escravidão.
Negras balancem as saias
e demonstrem a razão

de viver no presente
esta libertação.

A família de Aziz voltou para o Curiaú na mesma noite, apesar dos convites feitos por Nego D`Água para que ficassem. Discutiam se deviam mudar para a Favela. A comunidade do Curiaú entendera a cilada feita para silenciar Aziz, mas o projeto turístico prosseguiu sem freios. Os dias seguintes foram de conversa entre Aziz, Nazaré e Lázara. Aziz ia quase todos os dias para Macapá, procurava o bar Nova Mazagão, conversava com os amigos e remoía as lembranças preparando a decisão. Não seria mais possível permanecer no Curiaú, estava convencido. Lázara poderia fazer pajelanças na comunidade da Favela e Aziz conseguiu a aposentadoria, possivelmente com a intervenção de Ilda. Com o tempo, tudo se ajustava.

Três dias depois da visita feita ao Nego D'Água, Lázara procurou pelos pais no bar Nova Mazagão. Aziz e Nazaré assistiam ao pôr do sol. Dava quase para pegar o ar, carregado do calor e umidade amazônica. A decisão estava tomada, iriam para a Favela. Lázara, com os olhos fundos, sentou-se à sombra do angelim depois de um dia de visitas e curas. Rompeu o silêncio, mirando o chão e contou a notícia:

— Há três dias que ninguém sabe do paradeiro de Azulão. Joana revirou os cantos, desesperada. Os *cabocos* moradores do Curiaú encontraram o carro metido no meio do mato à margem do rio. Azulão não regressou da visita feita à Favela. O corpo foi encontrado boiando com os troncos que desciam pelas águas do Curiaú.

Tributo a Caymmi

Tocando no bar:

— O João ainda não chegou? — perguntou Zeca ao se acomodar na bateria que ocupava quase todo o espaço do pequeno palco. Os músicos balançaram a cabeça, confirmando que o pianista não havia chegado. Se entreolharam, estranharam e seguiram a preparar os instrumentos, um contrabaixo acústico, um violão e uma bateria. O piano permaneceu fechado. Zeca, algo disléxico, tinha movimentos desajeitados, aparentemente incompatíveis com o que se espera de um ritmista que marca o tempo para os outros músicos. Fazendo as vezes do maestro, comandou:

— Maurino, Dadá, vamos fazer o tema de abertura para distrair o público, enquanto o João não chega.

Os nomes artísticos dos músicos eram escolha do João. Depois de cinco anos tocando juntos, já nem lembravam os nomes verdadeiros. Zeca, suando nas mãos, impaciente, telefonou para o celular de João e ouviu a voz gravada que repetiu o mantra — a sua ligação é importante, mas não posso atender agora, deixe a sua mensagem depois do sinal — e ouviu os

ACERBA DOR

acordes alegres da *Preta do Acarajé*, de Caymmi, o que o fez sorrir. Era costume o quarteto se apresentar às quartas-feiras, às vinte e uma horas, em ponto. Faltavam três minutos, e nada de João.

Maurino acomodou o contrabaixo entre as pernas, segurou o braço do instrumento, fechou os olhos, dedilhou, alisou e temperou as cordas, com a atenção cravada na porta de entrada, por onde esperava ver João surgir a qualquer momento. Ajustava as cravelhas pensando no tempo que tocavam naquela casa noturna. "Aqui eu ganho o suficiente para pagar os gastos da semana. Eu gosto da música que João sabe fazer, tocar com ele é um aprendizado." O atraso naquela noite o incomodava. Para se distrair, revisou mentalmente os planos do CD que iria projetar a sua carreira. Sonhava, mesmo desconfiando se tratar de um sonho impossível. Mas se a carreira solo não viesse, não teria problema em permanecer coadjuvante necessário e invisível, cujo instrumento completa os demais.

Dadá, usando um solidéu africano, que lhe conferia um ar de anos 60, plugou o cabo do violão, posicionou o microfone para o vocal que faria em alguns arranjos. Tomou água, temperou o seu instrumento. Pensando na ausência de João lembrou-se dos improvisos tocando Caymmi, o compositor preferido de todos no grupo. "Sempre gostei da guitarra e do rock pesado. Desisti de tudo para tocar com João, o que garante o meu sustento."

Dadá trocou o rock pela MPB porque percebeu que o gênero oferecia mais espaço aos músicos da noite, e o trabalho na imobiliária do pai deu lugar ao violão. O pai morreu sem nunca ter compreendido a escolha feita.

Na falta de João, Zeca conduziu o grupo com ouvidos nos músicos e olhos na porta de entrada por onde João se materializaria, vestido com o terno de sempre, que lhe confere uma elegância discreta, cada vez mais rara entre os músicos da noite. Aos olhos de Zeca, João era o exemplo mais bem-acabado do artista da noite, que vive da música e para a música: elegante, perfumado, afinado e pontual. Sabia que muitas senhoras de meia-idade frequentavam a casa para ouvi-lo e também para chegar perto, conversar com ele. João não perdia a chance de desfrutar de um perfume feminino. Dizia que a presença feminina, por si só, e por menor que seja, já perfuma todo o ambiente.

Os frequentadores chegavam aos poucos, atravessando a frente do palco com a segurança de velhos marinheiros que sabem do convés por onde trafegam em meio à tormenta. Cada um seguia na direção da mesa habitual, e ainda que se lhes vendassem os olhos, chegariam aos seus lugares. Zeca observava o movimento. Gostava da ordem existente na noite, que a luz do dia desfaz. Tinha uma atmosfera própria, criava um *esprit de corps*. A regularidade se revelava pela ordem de chegada e pelo visual dos frequentadores. "Somos todos atores a cumprir um papel", pensava.

Bulhões era o homem do Chevrolet *Belair* modelo 1958 de teto azul com portas creme, cor que combinava com as cores das polainas. Caminhava altivo com fartos cabelos grisalhos. Charles era o senhor com o perfil de Hitchcock, trajava terno escuro e exibia uma cigarrilha apagada. Permanecia postado na passagem que levava aos banheiros. As duas senhoras de meia-idade sempre juntas, Jô e Lina, pediam um único drinque, que administravam para durar a noite toda. Vez ou outra o garçom deixava outra dose por conta da casa. O homem acomodado ao lado do balcão era Lauro, que tomava seguidas doses de uísque e relatava a vida amorosa a quem quer que se aproximasse, tal como fazem velhos amigos que se encontram depois de muito tempo. Lauro tentava adivinhar a profissão de cada vizinho de balcão. A sabedoria que o álcool lhe conferia fazia que acertasse, na maioria das vezes. Dora, discreta e recatada dama da noite, oferecia serviços aos clientes da casa, sem cenas, sem constrangimentos, sem quebra de decoro. "Uma dama querida por todos", ponderou Zeca à espera de João. E, por fim, Alba, a senhora de preto, a cliente mais antiga da casa e sempre a última a chegar. Para ela havia uma pequena mesa reservada ao canto, com uma rosa vermelha e um copo com uísque e gelo. Todos os *habitués* já estavam ali. E nada do João, que era sempre o primeiro a chegar. Apenas as duas mesas vazias de sempre, que vez ou outra são ocupadas por clientes esporádicos que, normalmente, nunca mais aparecem.

Zeca contou: um, dois, três, o sinal para a entrada dos músicos com o arranjo escrito para violão, baixo e percussão da *Suíte dos Pescadores* de Caymmi. As apresentações começavam com aquela música, ao final da qual João deveria tomar lugar ao piano. Naquela noite foi diferente.

No apartamento de João: O repertório, sem João, soou estranho. Dora levantou-se, caminhou até o palco e falou ao pé do ouvido de Zeca:

— Menino, acho que precisamos ver o que aconteceu. — E retornou para a mesa passando ao lado de Alba que, segurando o seu braço, perguntou:

– E aí? – Dora e Alba trocaram um olhar cúmplice e seguiram para as mesas. Zeca ligou o som com a gravação de uma seleção musical e propôs que seguissem pelas três quadras que separavam o bar do apartamento de João. A garoa fina, costumeira da noite paulistana, os acompanhava. A comitiva seguiu driblando as poças d'água das calçadas. À frente iam Dora e os músicos, um pouco atrás Alba, Bulhões, Charles, Jô e Lina, que caminhavam com o cuidado imposto pela idade. Lauro tentava acompanhar o grupo segurando o copo de uísque, com impressão de que algo sério se passava. O edifício de três andares tinha um portão de ferro que dava direto na calçada. Zeca pressionou o interfone do apartamento 15 e percebeu ruídos como se alguém tentasse atender. Não aguardou resposta e falou:

– Tânia, sou eu, Zeca, estou com alguns amigos. Podemos subir? – Um clique foi a resposta que destravou a porta e permitiu a entrada do grupo. Seguiram pelo corredor escuro, alcançaram uma escada que os levou ao primeiro andar. Zeca bateu na porta discretamente. A voz de Tânia era rouca, quase masculina:

– Entrem. Podem entrar, estou na poltrona. – Zeca seguiu à frente do grupo que, em fila indiana, lotou a pequena sala de estar e parte do corredor. Viram Tânia metida em cobertores defronte da televisão, com um cigarro pendente na boca, muitas bitucas no cinzeiro e um novelo de lã nas mãos, que faziam tricô. A fumaça empesteava o ambiente.

– Tânia, o que houve com o João? – perguntou Zeca.

– Está no quarto há dois dias – respondeu a mulher tragando o cigarro.

– Aconteceu alguma coisa com ele? – Zeca insistiu.

ACERBA DOR 123

— Nada sério. Ele não quer sair. Eu levo a comida e ele deixa os pratos vazios na porta. Fica trancado e toca piano o tempo todo. Diz que não quer sair.

— Você não está preocupada?

— Eu acho é bom! — falou Tânia sem tirar os olhos da televisão, o cigarro na boca, trançando mecanicamente a lã.

— Mas, e o bar, o conjunto e os compromissos? — foi a vez de Dadá.

— Ora, vão perguntar pra ele. Vocês não são amigos dele? —resmungou impaciente, interrompida pelo toque do telefone celular. Tânia esticou o braço, afastou o cinzeiro, que transbordava, e sem se mover da poltrona, atendeu ao chamado. — Tá bem. Já levo, já levo — falou enquanto levantava o corpo pesado da cadeira. — É o João. Quer mais chá de erva cidreira. Eu vou fazer e vocês podem levar lá para o quarto.

Em minutos o grupo se apertou no corredor à frente do quarto e Tânia retomou o lugar diante da televisão. Acendeu um cigarro e buscou as agulhas de tricô. Zeca segurava uma travessa com bolachas e uma xícara com o chá. Parou à porta do quarto. Alba e Dora retocavam a maquiagem como se fossem participar de um evento importante. Dadá pensava no que seria da carreira sem o João. Maurino admirava os quadros e fotos alinhados na parede do corredor que levava ao quarto. Eram fotos de João ao piano, com artistas famosos. Reconheceu Cauby Peixoto, Miltinho, Ângela Maria, Dick Farney, Johnny Alf, Alaíde Costa. Dora, impaciente, empurrava Zeca. O restante do grupo se apertava pelas estreitas paredes, cada um esticando o pescoço à espera de um sinal de João. Zeca bateu na porta e chamou:

— João, seu chá. Preciso falar com você.

Na porta do quarto: Bulhões gritou do fundo do corredor:

— Deixa que eu falo com ele. — E abriu caminho entre o grupo, desmanchando o cabelo de Dora e pisando nos pés de Alba. Bateu três vezes na porta e falou: — João, estão todos esperando no bar.

Nenhuma resposta.

O grupo começou a falar, elevar a voz para chamar João. A um sinal de Zeca todos silenciaram à espera de uma resposta. O que ouviram foi o som da televisão que Tânia aumentou na sala. De João, nada.

Maurino passou à frente do grupo, bateu uma vez na porta e, cauteloso, como que não querendo incomodar, chamou:

— João, você não quer mais tocar conosco? É isso? Precisamos de uma explicação. — A pergunta foi seguida pelo silêncio, como se ninguém estivesse no quarto.

Dadá rompeu o bloco, que já experimentava uma intimidade inaudita, tentou encostar o ouvido para detectar algum sinal de vida. Fez a pergunta que todos queriam fazer:

— João, você está bem? Queremos falar com você. — Depois de breve silêncio ouviram-se acordes do piano de João. Os músicos reconheceram o tema da música de *Maricotinha*. Dadá cantarolou.

— *Se fizer bom tempo amanhã, eu vou...mas se por exemplo chover, não vou... diga, Maricotinha, que mandei dizer que não tô...*

— O filho da puta é um gozador, tá tirando uma da nossa cara, vou arrebentar essa porra dessa porta — esbravejou Zeca tentando abrir a porta, que resistiu aos seus chutes e porradas. Sem resultado algum, gritou: — João, você não tem o direito de fazer isso, precisamos do trabalho pra viver, se não tocarmos estaremos desempregados e eu ando com o aluguel atrasado. – Ouviu-se outro tema ao piano, que logo foi entoado por Dora, com voz suave:

– *Eu não tenho onde morar.....é por isso que eu moro na areia...*

Zeca, possesso, deu outra porrada na porta, xingou João de todos os nomes que conseguiu, até o fôlego acabar. Ao final, ainda soou a voz de Dora, acompanhada por João:

– *Eu moro na beira da praia......todo mundo mora direito...... quem mora torto sou eu...* – E Dora caiu na gargalhada.

João mudou de tom e de tema, que foi imediatamente reconhecido por todos:

– *Dora, rainha do frevo e do maracatu......ninguém remexe e rebola, melhor do que tu...Oh Dora....Oh Dora...*

O grupo sentou-se ao rés do chão a ouvir os acordes do piano. Maurino lembrou que foi João quem escolheu os nomes artísticos, Dadá, Zeca, Maurino, por conta de uma música de Caymmi. Bulhões lembrou da amizade de João quando ele mais precisou. Charles revelou que João o ensinara a fumar a cigarrilha apagada, evitando um mal maior. Jô e Lina falaram das vezes que o segundo drinque foi oferecido por João. Lauro finalmente chegou ao apartamento. Zeca puxou uma canção, ao que foi logo seguido pelo piano:

– *Maurino, Dadá e Zeca...embarcaram de manhã...era quarta feira santa.... dia de pescar e de pescador.*

O coro das vozes seguiu a introdução, todos sentados ao chão, repetiram o refrão:

–*...era quarta-feira santa, dia de pescar e de pescador.*

Alba permanecia calada, em pé no ponto mais distante da porta. Foi até a cozinha, pegou o jarro com chá de erva-cidreira, apoiou sobre uma bandeja e levou até a porta do quarto. Alba, a mulher que tem a mesa cativa, cliente mais antiga do bar, parou defronte da porta e sussurrou:

— João, sou eu, trouxe seu chá, por favor, atenda meu pedido, fale comigo.

O piano parou de soar. Ouviram-se passos, era João arrastando os chinelos até a porta, que foi entreaberta lentamente. Pela fresta, todos tentaram olhar para dentro do quarto, mas tiveram a visão impedida por Alba, que entrou como uma sombra e fechou a porta. Seguiu-se o silêncio, cortado por murmúrios de uma conversa que dormira por séculos. O som das palavras foi cessando e os acordes lentos ganharam corpo. Eram acordes menores, que reproduziam outra música de Caymmi. Alba abriu a porta e saiu do quarto com o rosto marcado pelo caminho das lágrimas, que traziam rastros de maquiagem. Desceu as escadas e saiu do apartamento seguida pela comitiva curiosa. Ao chegar na rua, ainda se ouvia o som do piano, e Alba começou a cantarolar baixinho o *Acalanto de Caymmi*. Todos começaram a acompanhá-la. O som do piano ficou cada vez mais distante.

— *Todos dormem, a noite também...só eu velo...por você meu bem...dorme anjo...o boi pega neném...boi boi boi...boi da cara preta.*

Seguiram a caminhar, contornando as poças d'água, de volta para o bar.

O Último Homem de Macau

Na varanda da Casa: A jovem aproximou a mão da campainha ao lado do portão da casa. Hesitou, ao perceber que o botão estava sujo como se não fosse acionado há muito tempo. Tomou coragem, apertou-o e ouviu um tilintar que lembrou uma canção chinesa da sua infância. A fechadura abriu, destravando uma das portas de ferro que se moveu minimamente. Entrou no jardim e avistou a casa ao final do caminho de pedras ladeado por canteiros com restos de folhagens. Viu o letreiro sobre a entrada, onde leu em caracteres chineses: *Casa de Macau de São Paulo*. Não percebeu que alguém em uma cadeira de rodas a observava da varanda.

— Você deve ser Frederika — falou o velho que segurava um lenço, com o qual enxugava os olhos continuamente.

— Sim, senhor, sou Frederika — respondeu a jovem surpreendida pela presença do velho. Ela fechou o portão, subiu a rampa de acesso da casa e completou: — Sou Frederika Fang Cheng, contratada para organizar os arquivos da Casa de Macau. — Cumprimentou respeitosamente o senhor, que se apresentou também:

— O meu nome é José Maria Tang, soube da sua contratação. — E avançou com a cadeira de rodas até encostar nas pernas de Frederika, que recuou um pouco assustada.

— Não se assuste, eu preciso olhá-la de perto, não enxergo bem. O nome não é macaense — disse José Maria, apertando os olhos por trás das lentes dos óculos para enxergar o rosto da moça. — Eu pedi que contratassem alguém com quem eu pudesse conversar sobre Macau, mas eu não tenho mais autoridade alguma sobre a diretoria. São todos nascidos no Brasil. E você, de onde você veio?

— Nasci em Macau, vivi lá até 2010. O meu primeiro nome vem da minha mãe, holandesa, que viveu nas colônias portuguesas africanas até 1974 e dali seguiu para Macau, onde conheceu meu pai — respondeu a moça a contornar a cadeira de rodas para espiar a parte de dentro da casa.

— Ah, os holandeses! Eles andaram por toda a parte, quase tanto quanto os portugueses — comentou José Maria, que entrou na casa manejando a cadeira de rodas. — Venha, vou te mostrar a Casa de Macau de São Paulo. Você deverá inventariar e catalogar todos os objetos e documentos. São quadros, documentos, diplomas, troféus, pratos e livros, muitos livros roídos pelo tempo e pelos insetos.

Frederika teve uma ideia do trabalho que teria pela frente. José Maria prosseguiu:

— Todos os objetos são doações de famílias macaenses. É possível que você encontre raridades. Existem caixas que nunca foram abertas. Estamos a ponto de perder a memória da imigração se algo não for feito. Os mais antigos estão desaparecendo.

– Visitarei a casa uma vez por semana para fazer o trabalho de catalogação. Preservar a memória é minha especialidade. Me conte mais sobre esta casa – disse Frederika, motivando o velho a falar.

– Fico animado por saber que minha rotina mudará, mas aviso que se você chegar antes das sete vai esperar do lado de fora do portão. Não temos funcionários, eu acordo às quatro horas da manhã, mas só saio da cama às sete em ponto. Se você chegar às sete e meia, será perfeito, porque poderá tomar café comigo no lar dos idosos. Quer dizer, acho que devo chamar de lar do idoso – falou o velho dando uma gargalhada e enxugando os olhos.

Frederika seguiu José Maria pelo andar térreo do casarão. O velho mostrou-lhe o salão de entrada, a sala de refeições, a cozinha, o jardim ao fundo e a alameda em declive suave que leva à casa dos idosos, que tem ao fundo a margem da represa. Desceram por uma pequena rampa até um quiosque.

– O senhor recebe visitas?

– Não muitas. A confraria gastronômica se reúne de tempos em tempos para saborear a culinária macaense. A próxima confraternização será na primeira semana de setembro. Vou contar um segredo. Os membros da confraria andam esquecidos do verdadeiro sabor da nossa comida, talvez você possa ajudá-los. – E novamente deu mais uma gargalhada e enxugou os olhos.

– Eu não sei cozinhar, só sei lidar com livros e documentos, foi o que aprendi no curso de biblioteconomia da Universidade de Macau. Acho que só poderei saborear a comida. – falou Frederika enquanto andava pela casa a observar a mobília sem padrão definido. – Eu gostaria de conhecer as pessoas que habitaram este lugar. Nesses quatro anos no Brasil, eu não encontrei macaenses. Me concentrei nos estudos da universidade que me aceitou para um programa sobre preservação de acervos históricos. Pensei que fosse encontrar aqui muitos patrícios, mas me enganei.

O velho ouviu o comentário e demorou para responder, como que buscando um argumento.

— Você está correta, somos poucos no Brasil e a nova geração não dá as caras. Como uma espécie em extinção, fadada a desaparecer... meus companheiros da casa de idosos morreram. A última foi a Sra. Yuen, que faleceu faz dois anos.

— Ela era sua parente?

— Apenas uma amiga, havia anos que não nos falávamos, acho que ela não gostava de mim — confidenciou José Maria, enquanto Frederika comentava sobre os quadros espalhados sem critério pelas paredes.

— Existem quadros bonitos, principalmente aquarelas com motivos macaenses, parece que esta casa foi residência de alguma família rica de São Paulo antes de tornar-se sede da associação.

"Sinto um cheiro de mofo em alguns ambientes, faz tempo que as janelas não são abertas e a luz do sol não entra nesta casa", pensou a moça, que perguntou:

— Posso subir para ver o andar superior?

— Sim claro, eu estou preso a esta cadeira de rodas e não poderei acompanhá-la. Mas você pode subir pelas escadas e observe a sala de estar, à direita, com a mobília que veio de Macau. Faz alguns anos que eu não subo, não sei em que estado se encontram. À esquerda estão os quartos de banho e à direita, duas salas que outrora foram quartos, uma delas serve hoje de biblioteca.

– O senhor lê muito?

– Eu sempre peço para a moça da limpeza escolher um livro para mim entre os livros escritos em português, mandarim ou inglês, todos de antes dos anos 70. Ela escolhe pela cor da capa. – E riu mais uma vez.

Frederika subiu pelos degraus acarpetados. Aos poucos as suas retinas se acomodaram à falta de luz, e o olfato aos odores do ambiente sem ventilação. Por um momento sentiu medo e procurou o interruptor para acender as luzes. Ao abrir a porta da sala, encontrou a mobília como que esperando para recebê-la. O pó acumulado nas cortinas e mesas sugeria que não eram usadas há muito tempo. Com as duas mãos Frederika fez as cortinas deslizarem pelos trilhos, deixando a luz do sol vazar pelas frestas dos janelões, que rangeram ao serem abertos. Recebeu o ar fresco no rosto e apoiou-se no parapeito para melhor avistar o jardim. Viu a represa, os barcos à vela, e do outro lado, a linha dos edifícios da cidade. Permaneceu por alguns segundos a olhar o verde da paisagem. Voltou-se para a sala para examinar os quadros que iria catalogar. Chamou sua atenção a foto de Stanley Ho, colocada em local central. Uma inscrição dizia: *Gratidão da Colônia Macaense de São Paulo*. Lembrou-se de ter assistido a uma palestra do empresário, dono dos cassinos macaenses, e de tê-lo visto algumas vezes quando trabalhava no Cassino Waldo. Outro quadro, inspirado na ruína da Igreja da Madre de Deus, lembrou-lhe os anos passados em Macau a trabalhar no cassino enquanto estudava biblioteconomia. Lembrou-se do desejo de viajar, conhecer gente e culturas diferentes.

Buscava algo que não sabia bem o que era, talvez tenha sido a mesma busca dos primeiros portugueses que se aventuraram a Macau, Moçambique, Angola, Cabo Verde e Brasil, que saíram a navegar em busca de algo que a sua terra já não lhes podia dar. Passaram muito além da Trapobana, como lera em Camões. Frederika lembrou-se da competição que fervilha na nova China, pensou no envolvimento com estudantes de Hong Kong e na participação nos debates sobre o modelo de Região Administrativa Especial, de Macau e Hong Kong. Lembrou-se de quando foi detida no ato em apoio ao artista Ai Weiwei, que estava preso sem acusação.

"A democracia participativa adotada por Pequim não é exatamente o que eu quero", pensou. Ouvia sem crer os conselhos da orientadora na Universidade de Macau, que dizia que a democracia ocidental não é necessariamente boa para a China. Frederika não se encantava com as oportunidades de trabalho nos cassinos, como desejavam milhões de chineses. Não se sentia nem chinesa nem portuguesa nem holandesa, era um pouco de tudo, como todos os macaenses. A decisão de mudar para o Brasil amadureceu depois de fazer disciplinas de organização de documentos na Universidade de Macau. Queria conhecer a terra que atraiu muitos portugueses e alguns macaenses ao longo dos anos. Tinha o cheiro da liberdade tropical que ela não conhecia. Voltou ao lugar da foto de Stanley Ho. Pensava que não desejava trabalhar para este homem, quando foi interrompida por uma voz que ecoou no ambiente.

— Frederika, vai ficar aí em cima o dia todo e me deixar aqui sozinho?

A voz de José Maria subiu pelos degraus acarpetados, rompendo o silêncio da Casa de Macau. A moça fechou as janelas, que resistiram com um rangido, fechou as cortinas, apagou as luzes e devolveu a penumbra aos quadros, que voltaram a adormecer. Desceu ao encontro de José Maria Wong, que lhe perseguiu com a cadeira de rodas e lhe falou sobre a vida enquanto ela iniciava os registros dos bens a serem catalogados. Ao entardecer Frederika despediu-se, prometendo retomar o trabalho na próxima semana. – Chegarei às sete e meia para tomarmos café.

Na Sala de Recepções: José Maria não mudou a rotina ao longo dos seis dias seguintes. Levantava da cama às sete, tomava o café às sete e meia, e seguia para o jardim para fazer as leituras escolhidas pela moça da limpeza. O telefone não tocou e nenhum diretor ou visitante passou por lá. Na sexta-feira, José Maria acordou às quatro horas da manhã, depois do sono atribulado que lhe causou dores no corpo e uma sensação de cansaço. Banhou-se com dificuldade, fez a barba e usou um frasco de lavanda guardado há anos. Dirigiu-se para a varanda da casa, onde estacionou a cadeira de rodas. Às sete horas e vinte minutos, viu alguém a acenar do lado de fora do portão. José Maria destravou o portão para que Frederika entrasse.

– O senhor me falou para não incomodar antes das sete e meia. Eu trouxe uns pãezinhos e queijo fresco para o café da manhã.

Frederika entrou na casa, foi até a cozinha e preparou a mesa. Perguntou para José Maria como havia sido a semana, comentou sobre a chuva que não veio e outras trivialidades.

José Maria ficou a ouvir os comentários de Frederika até que o aroma de café novo enchesse o ambiente. Ela seguiu para a sala de recepções, onde estavam depositados os arquivos e as caixas de papelão cheias de documentos que teria que vasculhar nos próximos meses. A cada passo era seguida pelo velho senhor, que monopolizou a palavra. "Falar sem parar deve ser uma reação contra a solidão, uma necessidade humana de se comunicar, acho que é assim que me comportaria se vivesse em isolamento total", pensou ela, ouvindo a voz de José Maria na sala da entrada da casa.

— Este é o local das recepções, raramente ocupado. Existem poucas pessoas na comunidade macaense dedicadas a esta casa, quase todos são imigrantes. A geração nascida no Brasil abandonou tudo, ninguém quer saber das origens, são uns mal-agradecidos. — Frederika ouvia e José Maria falava enquanto circulava pelo salão que já tinha sido o *hall* de entrada do palacete.

— Você trabalhou nos cassinos em Macau e domina mandarim, inglês e português. Não compreendo por que uma moça bonita e jovem deixa um lugar com um futuro brilhante como Macau para vir para o Brasil. Este país é diferente do lugar que encontrei quando cheguei nos anos 50. Naquela época tudo era difícil em Macau. Havia movimentação de gente fugindo ou buscando abrigo seguro.

— Fugiam do quê? — perguntou Frederika.

— Muitos vieram de Xangai com a invasão japonesa, mais tarde vieram famílias inteiras, preocupadas com a revolução de Mao. Outros sofreram perseguições das forças revolucionárias na China, que caçavam os simpatizantes do exército nacionalista. Meu pai ficou preocupado com a economia conturbada. A maioria dos macaenses queria apenas viver a sua vida, trabalhar e ganhar honestamente o dinheiro para o sustento da família. Meus pais resolveram sair de Macau, mas não tinham para onde ir. Tentaram os Estados Unidos, Canadá e Austrália, mas não sabiam como preparar a documentação para conseguir um visto. Estavam amedrontados. O caminho mais fácil foi seguir para Portugal e depois para o Brasil, que nos anos 50 era uma maravilha.

— O que a sua família fez quando chegou aqui? — quis saber Frederika, que examinava caixas encontradas em um armário.

— Havia muito trabalho e a cidade de São Paulo ainda era acolhedora. Eu, com 19 anos, era um jovem sonhador para quem o sol não parava de brilhar. Deixei uma namorada em Macau chamada Yuen. Era linda. Ficou por lá. Eu vou te revelar um segredo — falou aproximando o seu rosto de Frederika. — Eu visitava uma *pei-pa-chai* na Rua da Felicidade que me tratava muito bem. Cantava para mim, me banhava com carinho e conversávamos sobre tudo. Ela conhecia os pensamentos de Confúcio. Aqui no Brasil não existem mulheres como aquela. As que conheci não tinham a mesma educação ou sensibilidade. Queriam só dinheiro e me recebiam rapidamente, sem magia.

"Se ele soubesse como mudou a Rua da Felicidade, melhor não falar a respeito", pensou a moça enquanto o velho continuava o relato.

— No Brasil, a minha família trabalhou muito, eu pude estudar e me formei na universidade, mas nunca nos sentimos verdadeiramente acolhidos. Poucos compreendem exatamente de onde viemos, fomos sempre vistos como estrangeiros.

Frederika ouviu espantada aquelas lembranças. José Maria falava de uma Macau que já não existia há um bom tempo. Quis saber mais.

— O senhor nunca quis retornar para visitar Yuen?

— Sim, eu planejei retornar, mas sempre que eu ajuntava dinheiro, algo acontecia e me fazia desistir. Eu me correspondi com amigos, com o tempo as cartas ficaram raras e eu me isolei. Meus pais morreram e eu me tornei um comerciante no Rio de Janeiro. Fiz como os primeiros imigrantes de Macau no Brasil, fui comercializar chá.

— Primeiros imigrantes? Como assim?

— Foi assim que os portugueses trouxeram os primeiros macaenses para cá, na época do reinado de Dom João VI. Tal como a empreitada da corte portuguesa, a minha tampouco deu certo. Quebrei no negócio do chá e fui para Ouro Preto e Diamantina, para comercializar pedras preciosas. Trilhei o caminho dos antigos imigrantes macaenses que também seguiram para Minas Gerais. Mas o ciclo dos diamantes já havia decaído e mais uma vez não consegui êxito. A vida finalmente me trouxe para São Paulo, no mesmo ponto onde tudo começou. Aqui fiz pequenos negócios para sobreviver. Falar inglês me ajudou muito e como engenheiro encontrei trabalho nas empresas que se instalavam no Brasil nos anos 70.

— Mas o senhor não me respondeu sobre Yuen.

— Yuen? Ah sim. Era linda como você — falou passando o lenço sobre os olhos. O velho ia apontando para os detalhes do grande *hall* transformado em sala de recepções. Frederika percebeu que conversava com um homem fora do lugar. Mas qual seria o seu verdadeiro lugar? Lembrava-se de uma Macau que não existia da mesma forma que se recordava de um Brasil que se transformou. O velho habitava um mundo idealizado que lhe permitia sobreviver. Ao final da tarde, acomodou José Maria na cadeira de rodas e o levou para a varanda para receber um pouco do sol poente. Despediu-se do velho que enxugava as lágrimas.

O encontro da confraria: Frederika não precisou tocar a campainha, entrou pelo portão entreaberto e percebeu o movimento de pessoas dentro da casa. "Não é um dia normal", pensou. Viu algumas pessoas reunidas ao redor da mesa da cozinha a discutir a escolha dos pratos que seriam preparados para o almoço do domingo. Entretidos, não perceberam sua aproximação. Uma mulher que parecia liderar o grupo falava:

— Está decidido, o cardápio do almoço da confraria será Siu Áp Chôc, Minchi e Pôu Kók Kâi, com a alternativa de Ló Hón, vamos agradar a todos.

Ao notarem a presença de Frederika, as vozes cessaram repentinamente, todos olharam para a recém-chegada e uma das senhoras iniciou as apresentações:

— Bom dia, jovem, sou Raquel Rocha, penso que você é a nova funcionária. Seja bem-vinda à Casa de Macau. — Todos a cumprimentaram, abandonando por um momento o tema da culinária. Rodearam-na querendo saber como andava o trabalho e se já tinha encontrado documentos interessantes. Outros buscavam notícias de Macau. Queriam saber onde a família de Frederika morava, como veio parar no Brasil e o que achava do trabalho. A moça respondeu a todas as perguntas, integrando-se ao grupo. Um senhor se aproximou e se apresentou:

– O meu nome é André Dias Wei, diretor administrativo, tesoureiro e acumulo a função de responsável jurídico da Casa de Macau. Você pode perceber que aqui temos que exercer várias funções, não temos muita gente para ajudar. Agradeço por ter aceito o trabalho e pela confiança, começando a atividade mesmo sem nos conhecer pessoalmente e sem um contrato assinado. – Frederika agradeceu e recebeu um envelope fechado com o cheque do seu primeiro pagamento das mãos de André. – O seu trabalho é importante para todos, a memória da imigração precisa ser preservada.

Na cozinha as vozes se elevaram, parecia haver uma discussão entre os confrades. André e Frederika se aproximaram da mesa rodeada pelos cozinheiros. Raquel explicava como os pratos deveriam ser feitos, mas havia quem não concordasse. Raquel, com um tom agressivo na voz, interrompeu a discussão:

– Acho que temos que reconhecer que nossos pratos não são macaenses, mas uma mistura de culinária brasileira com aquilo que aprendemos com os nossos pais. Possivelmente em Macau nossos pratos não seriam apreciados como macaenses e aqui não são vistos como pratos brasileiros. Na verdade, acho que nós perdemos nossas raízes culinárias.

Frederika ouviu o debate e seguiu para a sala onde se encontravam as pilhas de papéis que estava organizando. Revirou as pilhas, lembrava-se de ter visto um caderno com a capa desgastada pelo uso que poderia interessar.

– Ah, aqui está exatamente o que eu procurava. – Tomou o caderno nas mãos e correu para a cozinha onde os confrades continuavam o debate. Buscou por Raquel e lhe entregou o caderno, dizendo:

– Acho que nestas anotações a senhora vai encontrar as receitas que procura com instruções detalhadas sobre o preparo dos pratos. – Raquel leu as primeiras páginas escritas à mão em chinês, que informavam a origem do documento. Era um caderno, trazido por uma das famílias da comunidade, que continha as experiências culinárias de várias gerações. Não era apenas um caderno de culinária, mas um relato histórico detalhado.

Raquel Rocha olhou detidamente para o conteúdo do caderno, olhou nos olhos de Frederika e exclamou:

– Não acredito no que estou vendo! Frederika, o seu trabalho já mostra resultados! Aqui temos muitas alternativas para preparar Siu Áp Chôc, Minchi, e Pôu Kók Kâi! Tem coisas que eu nem conheço!

Todos se aglomeraram para ver a preciosidade. Enquanto recebia o elogio de Raquel, Frederika avistou José Maria acenando para ela do jardim. Fazia um gesto contido com as mãos, como se quisesse chamar a sua atenção sem que os demais percebessem. Pedia que Frederika se aproximasse. Estava sério e com o lenço enxugava as lágrimas habituais. Pediu que o acompanhasse até um canto isolado do jardim. Frederika seguiu a cadeira de rodas sentindo o cheiro da lavanda que José Maria usava. Sentaram-se à sombra de um flamboyant. José Maria olhou para Frederika e virou bruscamente a cadeira de rodas, dando-lhe as costas. Observou o imenso jardim e disse, sem olhar para ela:

– Por que você não veio como prometeu? – Frederika não compreendeu a pergunta. José Maria prosseguiu antes que ela articulasse qualquer fala: – Você me escreveu dizendo que pegaria o navio, explicou que as coisas andavam mal, que os jovens revolucionários ameaçavam as pessoas nas ruas e que você estava com medo. Eu fiquei dois dias esperando a chegada do navio Timor no porto de Santos e quando o navio aportou, acompanhei o desembarque de cada um dos trezentos passageiros, depois esperei a tripulação desembarcar.

Frederika tentava compreender do que falava o velho, que prosseguiu, sem dar-lhe tempo de qualquer pergunta:

— Esperei até o fim do dia, fiquei sozinho no cais, eu e o navio Timor. Esperei até a última alma desembarcar, com a esperança de que você apenas estivesse atrasada, mas você não veio. — José Maria virou a cadeira de rodas olhando fixamente nos olhos de Frederika: — Por que você não veio, Yuen?

Frederika percebeu as lágrimas correndo pelo rosto de José Maria. O velho permaneceu com os braços caídos, largados sem esperança, ao lado das rodas da cadeira. Manobrou novamente, dando as costas para ela, que compreendeu que seria melhor apenas ouvir.

— Você não era uma *pei-pa-chai* qualquer. Planejamos que você deixaria a casa, combinamos cada detalhe, eu enviei o dinheiro para a passagem e esperei uma eternidade. Agora que você chegou, ao menos cante uma canção pra mim, como você fazia na Rua da Felicidade.

Frederika lembrou-se de uma antiga canção de ninar que aprendeu na escola e começou a cantar.

去年澳門人

Mineira de Cordisburgo

(para Paulo Francis)

No Chão de Estrelas:

— Big Joe, tudo o que escrevi sobre escândalos financeiros não representa nada diante das informações que tenho dentro desta pasta. Se eu publicar será o furo de reportagem que jamais sonhei fazer. Só não sei se o meu jornal vai topar.

Big Joe olhou para Francisco e comentou:

— Você é um novato no *New York Times*, recém-chegado e com cara de adolescente. Veja bem o que vai escrever. — Big Joe, que gostava das conversas ao final do expediente ouvindo MPB no bar do *East Village*, confidenciou para Francisco: — Algumas matérias que você escreveu evitaram que os meus clientes comprassem papéis podres. Acho que você tem mais informações relevantes sobre o Brasil do que os brasilianistas chatos da Universidade de Colúmbia, o que não te dá salvo conduto para escrever o que bem entende.

No ambiente do bar Chão de Estrelas, Big Joe olhava para o amigo e pensava. "O menino é um observador refinado, um repórter de 30 anos, tem o perfil ideal para a profissão, muito ligado nas mudanças que acontecem no Brasil, mas é inexperiente".

– Nova Iorque ganhava energia a cada noite. As ruas estão cheias de turistas. Parecem muambeiros fazendo compras no Paraguai – falou Francisco, olhando para a rua, onde via o movimento do ano que terminava.

Com dificuldade para pronunciar, Big Joe perguntou.

– Muambeiro? O que é muambeiro?

– Muamba é palavra africana que significa mercadoria fruto do butim e o muambeiro é quem comercializa a mercadoria roubada, o termo é usado para significar o pequeno contrabandista, vendedor de bugigangas – Francisco explicou.

Big Joe se entusiasmava com o idioma português. Lendo os livros que Francisco lhe emprestava, tinha se deslumbrado com Carlos Drummond e Lygia Fagundes, com a sensualidade baiana de Jorge Amado, leu Osman Lins, viajou com Erico Veríssimo e vibrou com Ferreira Gullar. A cada encontro com Francisco, Big Joe aprendia algo do idioma português, que passou a dominar a ponto de usá-lo para conversar com as fontes que lhe supriam com informações.

Big Joe deu um gole na caipirinha, olhou para a rua cheia de gente movida pelos motores do espírito natalino e falou:

– O ano de 2005 foi trágico para o Brasil. O assalto ao Banco Central, o assassinato da Doroty Stang e agora o caso das propinas pagas aos deputados para votarem com o governo. Como sempre no seu país escolhem um nome estranho para os escândalos – mensalão – eu quase não consigo pronunciar este som anasalado. – Francisco, que lia e relia os documentos da pasta enquanto ouvia o comentário, respondeu:

– Mensalão não é nada comparado com a bomba guardada nesta pasta. Eu tenho documentos que comprovam um caso de corrupção na máquina do Estado, que suga a maior empresa do país, cujos papéis você negocia. Big Joe, acredite, estou falando em bilhões de dólares.

Big Joe, incrédulo, ouviu e comentou:

— Francisco, tudo no Brasil é superlativo, foi o mesmo quando você começou a trabalhar no jornal e redigiu a matéria sobre vazamento de óleo na baía da Guanabara, faz uns cinco anos, lembra?

Francisco chamou o garçom, bebeu de um gole só o resto da caipirinha. Severino, o garçom cearense que vivia há trinta anos em Nova Iorque, trouxe outra dose, depositou sobre a mesa e expressou com marcante sotaque cearense:

— Distinto, esta é a segunda das três doses diárias a que o senhor tem direito. — Francisco segurou o copo cheio até a borda, derramou um pouco da bebida e falou lambendo os dedos:

— Esta deve ser a caipirinha mais cara do mundo! O vazamento agora não é de óleo e não se compara ao mensalão. Eu falo de bilhões de dólares desviados para o bolso dos diretores da empresa, dos políticos e dos partidos políticos. Tenho os comprovantes de depósitos feitos em bancos suíços que, surdos e mudos, receberam a grana do crime.

Big Joe olhou assustado para Francisco, que prosseguiu.

— O que eu tenho em mãos é suficiente para derreter o valor da empresa e abalar as contas da nação, sem contar o estrago no bolso dos clientes da sua corretora que compram ações e dos bancos norte-americanos que são credores da empresa. Certamente irão aos tribunais.

Francisco falava lambendo os dedos para não desperdiçar a cachaça e Big Joe ouvia, avaliando até que ponto se tratava da imaginação do jovem repórter.

ACERBA DOR

Em *Wall Street*, Big Joe operava com países emergentes. Com trinta anos de carreira, conhecia os detalhes dos países, das empresas e das pessoas, e fazia análises, quase sempre validadas pelo tempo. Construiu reputação que era paga a peso de ouro. Pegou o copo de caipirinha da mão de Francisco, deu um gole e pensou que o mercado era um cenário teatral onde só alguns atores ganhavam dinheiro. Estava cansado de *Wall Street*.

Através da janela do bar, os dois amigos avistaram a calçada coberta de neve. No palco do Chão de Estrelas apareceu Maria Bela, brasileira, mineira de Cordisburgo que estudava música em Nova Iorque. A voz da moça encheu o ambiente com Lupicínio Rodrigues, Tom Jobim e Clube da Esquina. Francisco ouviu Maria Bela com o olhar, mas não apenas, capturado pela figura da mulher.

Big Joe tirou do bolso três convites que ganhou para um seminário na Universidade de Colúmbia, que começaria dentro de 90 minutos. Convidou Francisco para ouvir um brasilianista falar sobre câmbio, perspectivas inflacionárias, necessidades de investimentos em infraestrutura e insegurança jurídica. Francisco pensou, "mais um acadêmico que desconhece a podridão do mundo real". Dividiram a conta e aguardaram Maria Bela terminar o repertório. Francisco pensava no programa que Big Joe e Maria Bela fariam depois, olhava para a cantora com um desejo contido, afinal foi ele quem a apresentou a Big Joe. Agora que os dois estavam apaixonados, o que fazer? Ela tinha 23 anos e era mais jovem do que as duas filhas de Big Joe. Francisco fechou os olhos para melhor sentir a música de Lupicínio, "ela disse-me assim, tenha pena de mim, vá embora...". Aceitou o convite, Maria Bela concordou, e seguiram os três pelas ruas de Nova Iorque.

Na Universidade de Colúmbia: O táxi os levou do bar do *East Village* para o auditório da *Law School* da Universidade de Colúmbia. Maria Bela estava feliz com os estudos de teoria musical e técnicas vocais, amparada pela bolsa de estudos que ganhou de uma fundação brasileira. O trabalho no bar foi um bico que apareceu na noite em que ela subiu ao palco durante uma *jam session* e deu uma canja. O público aplaudiu e o convite para se apresentar semanalmente veio logo em seguida. Ela aceitou, complementando a bolsa com alguns dólares e dois admiradores a mais. Francisco a apresentou a Big Joe no bar e não demorou até que se aproximassem. Um operador de investimentos em *Wall Street* e um jornalista brasileiro atuando no *New York Times*, "pessoas interessantes", pensou Maria Bela. Big Joe refletiu que conversando com Maria Bela teria a oportunidade para praticar o português. Os dois passaram a se encontrar semanalmente no bar Chão de Estrelas, com o tempo os encontros mudaram para o estúdio de Maria Bela.

O palestrante era um professor brasileiro que visitava a Universidade de Colúmbia. A palestra não passava de um amontoado de chavões sem criatividade nem qualquer outro atrativo que justificasse a presença de Big Joe, de Maria Bela e de Francisco, que cochilava quando Big Joe o cutucou dizendo que sairiam à francesa. Francisco aproveitou e acompanhou o casal, de quem se despediu no saguão do auditório, atendendo a um chamado de celular, era o chefe da redação do jornal. Queria uma reunião no dia seguinte pela manhã. Big Joe comentou:

ACERBA DOR 151

— Francisco, cuide-se. Acho que você pode ter um explosivo potente nas mãos, só não tem o controle sobre a explosão, e isso é um perigo. De qualquer modo, saiba que você me ajudou a tomar uma decisão hoje. — Sem compreender o significado dessas palavras, Francisco se despediu do casal falando para Maria Bela, que seguia com Big Joe para o estúdio:

— A sua voz está cada vem mais linda, querida.

No estúdio: O casal subiu as escadas do prédio de três andares, um antigo armazém transformado em *lofts*. As camadas de roupas que ambos vestiam foram sendo tiradas e largadas pelo chão.

— Com tantas roupas neste frio, na hora de tirá-las somos como duas cebolas sendo descascadas — brincou Maria Bela relaxando no espaço onde vivia. O aquecedor ligado a plena carga criava um ambiente quase tropical. Big Joe e Maria Bela saíram do banho e saborearam vinho e queijos com tomates ao azeite preparados por ela, que dizia ser o melhor exemplo da culinária mineira, empatado com arroz ao alho com ovos fritos. Na cama se entendiam tão bem como fora dela, desenvolveram uma intimidade que extrapolava o trivial, iam além dos orgasmos e do conhecimento dos meandros dos corpos. Maria Bela, curiosa, quis saber o significado da bomba que poderia explodir nas mãos de Francisco, e da tal decisão importante mencionada por Big Joe.

— Eu tenho 55 anos, quero deixar *Wall Street*, deixar a América, deixar a *Big Apple* e quero ir com você para a Minas Gerais assim que você concluir os estudos. Proponho que nos mudemos para Cordisburgo. Ganhei dinheiro suficiente para reformar aquela propriedade herdada dos seus pais, que você diz que está lá, parada.

Maria Bela, sem saber o que dizer, olhava para Big Joe, que continuou:

— Podemos abrir um restaurante, onde vou mostrar o que aprendi no curso que fiz com Paul Bocuse em Lion e nos dez anos de aulas de culinária aqui em Nova Iorque. Podemos viver bem, mesmo que tenhamos poucos, ou nenhum cliente. Aliás, esqueci de dizer, estou te propondo, na verdade, que se case comigo.

Maria Bela e Big Joe, deitados sobre um tatame, tinham os corpos nus iluminados pelos outdoors. A luz lhes imprimia cor e movimento. Maria Bela, surpresa com a proposta, pensou: "Será que consigo voltar para Cordisburgo? Abrir um restaurante? Deixar Nova Iorque? Cantar para quem? Viver o resto da vida dependendo de Big Joe? Enfrentar a ira das filhas que não vão aceitar a ideia? Como será a primeira desavença? Os empregados que não farão as coisas à sua moda. Ele vai querer voltar para Nova Iorque?". As questões em um átimo se apresentaram para ela, que engatinhou, pôs-se de joelhos a massagear o corpo e acariciar o sexo do amigo. Abraçou-o pelas costas e falou ao ouvido de Big Joe:

— Eu aceito.

Com o editor do NYT: Francisco subiu ao trigésimo andar do *New York Times Building,* na Oitava Avenida. Estranhou o horário escolhido por Thomas Zender, um dos editores sêniores, com quem poucas vezes havia conversado em particular. Sempre que participava das reuniões de pauta com outros jornalistas, sentava nas cadeiras do fundo da sala.

"Definitivamente sou do segundo escalão de repórteres", pensava Francisco, enquanto admirava a vista da *Big Apple* através das janelas do saguão. A oportunidade de estudar jornalismo nos Estados Unidos foi arriscada para um jovem brasileiro que mal falava inglês. O desempenho que teve como estudante abriu a oportunidade para uma vaga como auxiliar de repórter e em poucos anos chegou ao time profissional, onde era o mais jovem jornalista. No Brasil ainda seria um foca sem grandes perspectivas. Seguiu para a sala do redator.

Da cadeira giratória era possível visualizar toda Manhattan. A decoração do escritório refletia a posição hierárquica de Thomas Zender, que definia as pautas internacionais, a evolução da carreira dos jornalistas, nomeava os correspondentes, e deliberava o destaque das notícias. Francisco se apresentou para a secretária, que abriu a porta com um apertar de botão e avisou Thomas Zender da chegada do jornalista. Francisco foi chamado ao escritório. Zender, sem apresentações, foi direto ao tema.

— Eu vi a sinopse das matérias que você quer fazer. Francisco, eu sou o responsável pela nossa área no jornal. Se der merda é a minha cabeça que rola, portanto não espere que eu subscreva as aventuras dos meus jovens e imaturos profissionais. Sei que você quer ser um astro do jornalismo. — Francisco estava preparado para a conversa. Tentou argumentar e foi interrompido pelo chefe, que prosseguiu: — *Watergate* virou um estudo de caso nos cursos de jornalismo que você deve ter lido e debatido em sala de aula, mas agora você habita o mundo real e neste país não aparece uma dupla como Bob Woodward e Carl Bernstein todos os dias. As evidências jornalísticas que você colheu vão nos expor ao risco do ridículo. Fui claro? Alguma dúvida?

Francisco ouviu calado a argumentação de Zander. "Assim é a imprensa atual, sem criatividade, sem vontade de correr riscos e, principalmente, com as mãos atadas pelo mercado, onde cada um pensa em salvar o próprio rabo". Tentou ainda argumentar:

— Eu posso continuar a levantar evidências. As minhas fontes são respeitáveis e contam com o prestígio do nosso jornal para desmontar uma verdadeira quadrilha.

O diretor virou-se de costas para Francisco sem levantar da cadeira e, olhando o horizonte de Nova Iorque, respondeu:

— Caro Francisco, tudo o que você colheu são evidências de terceira categoria, os mandantes tiveram o cuidado de não se expor. A versão cheia de imaginação que você apresenta sugere um caso que supera tudo o que já se viu em termos de escândalo de corrupção, mas você não chegou na medula. Você conhece uma vista mais bonita do que esta, Francisco? Espero que pretenda continuar a apreciá-la.

O telefone tocou, roubando a atenção de Thomas Zander para a decisão do fechamento da pauta. Despediu-se de Francisco com um sinal de mãos. O jornalista saiu do escritório e resolveu caminhar pelas ruas da cidade. Pensava nas alternativas que tinha para publicar. Certamente não seria no *New York Times*.

A porta da sala de Thomas Zander se fechou quando Francisco saiu e despediu-se da secretária. O diretor atendeu a outro chamado telefônico, ouviu detidamente o interlocutor respondendo com sons guturais de concordância. Ao final de um lapso, respondeu:

ACERBA DOR 155

— Eu não posso garantir que o tenha convencido, mas eu tentei. Ele tem o material e nós temos cópias. São textos, extratos de contas bancárias, gravações de telefonemas, imagens de vídeo constrangedoras. As próximas semanas vão nos indicar se ele vai prosseguir nesta linha investigativa.

Zander interrompeu a fala, ouviu o interlocutor por alguns instantes e respondeu:

— Eu sei... sei o que pode acontecer...

Despedidas: O Chão de Estrelas estava lotado com os convidados de Big Joe que vieram desejar boa sorte. As mesas acomodavam ao redor de cem pessoas que se acotovelavam e eram servidas por Severino com uma eficiência e alegria que só um garçom nordestino pode ter. "Sou, antes de tudo, um cabra forte", era o jargão que usava para se apresentar.

A iluminação do ambiente contrastava com o *spot* no palco sobre um banco e um violão. Enquanto a apresentação de Maria Bela não começava, ouviam-se gravações de MPB bem ao gosto do público. Só se falava sobre a decisão anunciada por Big Joe. "Como pode um homem bem-sucedido em *Wall Street* abandonar tudo? É uma aventura insana esta história de abrir um restaurante. Deixa estar, Big Joe voltará logo". Outra voz, feminina, dizia: "Engraçou-se com aquela cantora latina, logo vai passar".

Alguns dos presentes se espantavam com a decisão que colocava o sucesso financeiro em segundo lugar, outros tratavam a decisão de Big Joe com uma ponta de inveja. "Ah, como eu gostaria de mudar de vida, trocar de pele, deixar essa rotina de ganhar dinheiro e multiplicar as fortunas dos meus clientes", falou um colega do escritório. Na mesa, à frente do palco, estavam Big Joe, Maria Bela e Francisco, dividindo o espaço com Jane e Ella, as filhas de Big Joe.

Jane, que olhava para o pai com carinho, falou: – Pai, vou sentir falta. Qual é mesmo o nome da cidade? – Big Joe respondeu: – Cordisburgo, não fica longe da capital do Estado de Minas Gerais. Você vai nos visitar, eu mando as passagens.

Enquanto falava Jane localizava a cidade no celular. Ella replicou.

– Eu é que não me meto no meio do mato, não esperem a minha visita, aliás eu fico mesmo é esperando a sua volta. Você não vai aguentar essa vida parada e monótona que diz que terá. Como vai viver sem ver os preços oscilando? Vender na alta e comprar na baixa, foi a frase que eu sempre ouvi. Agora vai vender o quê, feijoada? Acha que vai dar certo?

A reação de Ella não surpreendeu nem incomodou Big Joe, que ouviu os comentários das filhas em silêncio. Já esperava por aquelas reações. O colega e diretor da corretora, Christopher Lamb, se aproximou com dois copos de caipirinha. Ofereceu um para Big Joe dizendo:

– Eu quero fazer um brinde ao seu sucesso, mas ainda vou tentar fazer com que você desista. Que tal uma porcentagem maior na nossa corretora? Ainda é tempo de repensar e as caipirinhas já estão pagas, entram como bônus, são parte do contrato.

"É um amigo sincero", pensou Big Joe, que apertou a mão de Chris, mantendo a distância física.

Maria Bela levantou-se, as luzes diminuíram e o som ambiente foi reduzido aos poucos. Subiu ao palco e acomodou-se no espaço que lhe era familiar. Tomou o violão, temperou as cordas, chamou o baterista e o contrabaixista e deu início ao seu repertório. Os convidados conheciam as músicas, que acompanhavam com movimentos do corpo. Ao fim do repertório, chamou Big Joe ao palco e passou-lhe o microfone. Big Joe se despediu:

— Amigos, eu deixo Nova Iorque e sigo o meu caminho com Maria Bela. Levo a *Big Apple* comigo, depois de tantos anos, é impossível esquecer. Se visitarem o Brasil, não deixem de ir ao restaurante *Maria Bela & BJ* em Cordisburgo. A cozinha será internacional enquanto eu não aprender a fazer pratos da culinária mineira. Maria Bela me ensinou a fazer arroz com ora-pro-nóbis ao alho com ovos fritos, que possivelmente não vai atrair nenhum de vocês. Eu já estou estudando receitas de frango com quiabo, arroz de pequi e outras coisas.

O público ria e comentava a cada frase dita por Big Joe, que prosseguiu:

— Para responder às perguntas que alguns de vocês me fizeram, tenho a dizer que ganhar dinheiro é bom e Nova Iorque é o melhor lugar para isso, mas existem outras experiências que merecem ser vividas. Eu sigo em busca de coisas que nem sei bem o que serão. Não saber o que vai acontecer faz parte do jogo e me deixa empolgado como há muito não me sentia.

O discurso foi aplaudido. Na mesa da família, Ella falou de modo que Maria Bela ouvisse:

— Muito emocionante, um monte de lugares-comuns que não passam de sonho, este plano nunca vai dar certo.

Francisco e Jane subiram ao palco para entregar um presente para Big Joe e Maria Bela:

— Temos uma lembrança dos amigos de Nova Iorque. — E desembrulharam três pinturas a óleo, um tríptico com uma *big apple* por tema. Maria Bela comentou:

— Temos a primeira decoração do nosso novo restaurante.

Em Cordisburgo: Maria Bela equilibrava-se nos tapumes para fixar os quadros decorativos na antiga casa da família que passou a abrigar o restaurante. O pé-direito alto criava grandes espaços nas paredes da casa de Cordisburgo. Big Joe, carente de talento manual, tentava ajudar opinando na decoração.

— Acho que o quadro deve ficar um pouco mais para a direita, mais um pouco, aí está bom — orientou, afastando-se da parede e largando as escoras dos tapumes por um instante para ver o conjunto dos quadros.

O restaurante começou a funcionar com dois ambientes. Uma sala com decoração dedicada à Gruta do Maquiné, que era decorada com desenhos de motivos rupestres e fotos dos salões com espeleotemas de Peter Lund. Uma poesia de Edgar Mata, pintada na parede ao fundo da sala, chamava a atenção dos que entravam na sala.

A gota vagarosa
infiltrada no dorso hirsuto da montanha
atravessa da gruta a abóboda porosa
e forma lentamente incrustação estranha.
Também na alma humana
a lágrima cruel caindo dia a dia
a lágrima que gera a dor insana
forma a estalactite enorme da agonia.

A segunda sala, inspirada em Guimarães Rosa, tinha nas paredes trechos do *Grande Sertão: Veredas* e recebeu o nome de Sala Miguilim. Um desenho em bico de pena replicava a fachada da casa de Guimarães Rosa defronte aos trilhos, destacando a delicadeza das três janelas e portas. "Um equilíbrio perfeito", pensou Maria Bela, tentando motivar Big Joe a ler Rosa a partir dos contos.

— No ano que vem quero ler *Grande Sertão* junto com você — falou ela. Com o passar do tempo, Big Joe incorporou os cheiros, o silêncio da lapa, o signo da estrada de ferro desativada, o dialeto roseano do cerrado e Maria Bela utilizou a sensibilidade mineira para tornar o restaurante aconchegante. Os dois anos iniciais foram de adaptação, seguindo ao ritmo natural dos erros e acertos. Aos poucos as rotinas se instalaram e os clientes passaram a frequentar o local, vindos de Belo Horizonte, de Sete Lagoas, da cidade de Cordisburgo e ainda os turistas que chegavam para visitar a lapa e a Casa de Guimarães Rosa. Big Joe dominou a cozinha mineira e, passado algum tempo, percebeu que precisava contratar um ajudante.

O restaurante passou a funcionar à base de reservas, com uma sequência de pratos servida pontualmente às 19h30. Às 22h30, terminado o ritual, o casal se punha a limpar as salas de refeição e a cozinha. Na segunda e na quarta semanas de cada mês, Maria Bela cantava, acompanhada por dois músicos locais. A casa centenária, herança dos avós maternos de Maria Bela, mantinha janelas que eram protegidas, na parte externa, por venezianas de madeira que se abriam horizontalmente. O casal adotou o ritual de abrir as janelas sempre às 19h. Os clientes esperavam na rua sentados ao pé de um flamboyant cujas raízes destruíam, preguiçosamente, a calçada. Depois do trabalho, Big Joe e Maria Bela sentavam-se a uma mesa no canto de uma das salas, que fazia as vezes de escritório. Todos os dias Big Joe lia o *New York Times*, fazia chamadas para as suas filhas e conversava com Francisco, que tomava a habitual caipirinha no Chão de Estrelas. Big Joe acompanhou o desligamento de Francisco do *New York Times*, depois de insistir em levar a investigação jornalística adiante. Foi contratado por um jornal de circulação restrita de Manhattan, que não tinha interesse pelo tema.

Em uma mensagem leu o alerta de Francisco. "Big Joe, não vou desistir, decidi continuar a investigação sozinho. Os meus contatos em Genebra me passaram mais documentos, parece que confiam em mim. Percebi de uns tempos para cá que os meus telefones estão grampeados. Tenho a impressão de estar sendo seguido, mas deve ser besteira minha."

Em outra ocasião, Francisco chamou em horário pouco usual. Estava assustado e disse que fora assaltado quando pedalava a bicicleta de volta para o apartamento. Disse ter ouvido de um dos quatro assaltantes que o cercaram à meia-noite na esquina da casa algo como:

— Para você aprender que não deve se meter na vida alheia.

— Levaram a pasta com cópias do material da investigação.

Rotina estabelecida. A tecnologia permitia que Francisco ouvisse as apresentações de Maria Bela no restaurante, via Skype. Big Joe entrava em desespero com os cortes de energia que comprometiam a qualidade dos alimentos estocados.

— Como pode acontecer que uma empresa de energia não avise com antecedência quando planeja fazer um corte no fornecimento? — falava pelo telefone celular com a atendente da empresa, que respondia sem alteração aos gritos e lamentos, dando o número do protocolo. Em um dos sábados com jantar e show musical programados, o fornecimento de energia foi interrompido às 19 horas. No momento em que as janelas se abriram e os clientes entravam na Sala Miguilim, ouviram, assustados, Big Joe vociferando:

— Vou desistir deste país. — Às 19h45, a energia voltou ao normal, enquanto Maria Bela cantava à luz de velas. Ela não se incomodava, mas Big Joe entrava em desespero.

Uma visita dos fiscais estaduais constatou que faltavam dois documentos para o alvará de funcionamento definitivo.

— Eu encaminhei todos os documentos que os senhores pediram — ponderou Big Joe. A resposta dos fiscais foi clara:

— Encaminhou sim senhor, está quase tudo certo, mas nossos diretores identificaram uma lista de coisas que devem ser modificadas. Claro que eles podem flexibilizar, mas o senhor vai ter que conversar com outro fiscal. Se quiser, ele pode telefonar amanhã e o senhor se acerta diretamente com ele. — Big Joe, a princípio, não compreendeu a lógica dos fiscais, que depois lhe foi explicada por Maria Bela, sem rodeios:

— Querido, os caras querem uma propina. Se não pagarmos, possivelmente a coisa vai complicar.

Big Joe reagiu:

— Então vamos ao Ministério Público, à polícia, ao juiz, à ouvidoria!

Maria Bela ouviu com surpreendente calma. Com o tempo, ele aprendeu a lidar com a realidade brasileira. O restaurante operava normalmente, as propinas foram pagas e Big Joe incorporou, do modo que conseguiu, a crueza das regras do jogo. Ainda chocado com o poder da pequena corrupção, recebia as ligações de Francisco, que se sentia isolado em Nova Iorque, depois de perder o emprego no jornal local. Big Joe usou o relacionamento para arranjar um contrato para Francisco como assessor de imprensa em uma empresa exportadora de equipamentos. Mesmo assim, o jovem não desistia de prosseguir com as investigações, e a cada contato, revelava nova ameaça recebida. Ora um telefonema em nome dos acusados, que Francisco denunciara na imprensa brasileira, ora uma ameaça velada na forma de mensagem eletrônica. As ameaças de ação judicial foram seguidas por crescente isolamento das fontes no Brasil.

Ainda Francisco: No restaurante, Big Joe e Maria Bela seguiam com o trabalho. Andavam entre os clientes a observar os detalhes das mesas servidas. A necessidade de um apoio profissional foi resolvida com o convite para Severino do Chão de Estrelas, que há muito tempo queria voltar para o Brasil. Aceitou o convite e tornou-se sócio, com uma participação de dez por cento do capital do restaurante. No escritório, o computador permanecia ligado para os contatos com os amigos e com os fregueses que queriam fazer reservas. Francisco ouvia as apresentações de Maria Bela, conversava com Big Joe e com Severino todas as semanas, sempre no posto do bar de Nova Iorque.

Maria Bela convidou as crianças da Casa de Guimarães Rosa, os Miguilins, para declamarem trechos do autor durante as refeições no restaurante. Os clientes ficavam extasiados com as leituras. O ambiente e o ritual estavam criados: a espera sob o flamboyant, a música de Maria Bela, as declamações dos Miguilins, a decoração, a presença de Severino, antes de tudo um forte, e a cozinha de Big Joe só faziam aumentar o sucesso.

Severino observou que haviam se passado duas semanas sem um contato de Francisco. Comentou com Maria Bela e Big Joe ouviu o comentário, enquanto as crianças declamavam um trecho do *Grande Sertão*.

"...O gerais corre em volta. Esses gerais são sem tamanho. Enfim, cada um o que quer aprova, o senhor sabe: pão ou pães, é questão de opiniães...O sertão está em toda a parte."

Big Joe permanecia com os olhos fechados a absorver as palavras, quando foi interrompido pelo chamado no computador. Estava anestesiado pela fala das crianças quando se sentou à mesa e olhou para a tela. Era o dono do bar Chão de Estrelas na tela:

— Olá BJ, você já leu o *New York Times* de hoje? Pois leia e depois me chame.

Big Joe abriu a página do NYT e buscou possíveis notícias de interesse, até que topou com uma notícia na coluna policial. "O corpo do jornalista brasileiro Francisco Pereira foi encontrado sob a ponte do Brooklin depois de ficar desaparecido por uma semana."

Big Joe não conseguia respirar. Quando Maria Bela se aproximou, as crianças ainda declamavam na sala de jantar, Severino passou com os braços cheios de travessas quentes, a luz piscou dando sinal de que faltaria energia, o telefone tocou, era o fiscal tramando uma propina.

"Nonada. O diabo não há! É o que eu digo, se for...Existe é homem humano. Travessia."

O Chinês Dong

Sem-Graça: "Vou caminhar pelo elevado e comprar um livro no sebo, aproveito para tomar um pouco de ar", pensou Sem--Graça enquanto aguardava que desocupassem o banheiro coletivo. Contou o dinheiro na bolsa, vestiu a roupinha básica e desceu os cinco andares de escadas. Cruzou com os vizinhos do prédio ocupado, que a chamavam, à boca pequena, de Sem-Graça. De fala econômica e sorriso nenhum, assumiu o apelido que até achava merecido. Sem-Graça sorria só quando comprava livros e passava pela loja de Dong.

Entre a casa e o mercadinho ficava a loja do chinês. No caminho desviou do lixo e dos trapos humanos enfiados nos cobertores. Se acostumou ao clique dos isqueiros, no início tinha medo, mas logo entendeu que os zumbis que queimavam as pedras de crack, dia e noite, eram quase inofensivos. Parou à frente da banca de jornais transformada em sebo. Esmiuçou que rebuscou que miudou até que achou um livro quase novo. *Tutameia,* Guimarães Rosa. "Título engraçado, livro baratinho", comprou e seguiu o caminho até avistar Dong na entrada da loja, sentado num banquinho de madeira a cutucar a sola do pé. Sem-Graça alisou a roupinha básica, passou a mão no cabelo e se aproximou cumprimentando o chinês, que continuou garimpando o casco.

— Seu Dong, preciso de um funil de plástico — falou ela. A resposta não tardou.

— Entla fundo, vila esquelda.

Sem-Graça entrou na loja, colocou o livro recém-comprado e a bolsa sobre uma mesinha, atravessou o corredor entre prateleiras com bugigangas coloridas, procurou nas pilhas de produtos baratos e nada do funil. Dong levantou-se do banquinho com um cigarro pendendo no canto da boca, meteu-se até os cotovelos em uma das prateleiras e sacou o produto. Sem-Graça sorriu, olhou para Dong e pensou: "Ele veste sempre a mesma roupa, eu nunca o vi sem essa barbicha ridícula, os seus óculos têm uma crosta de sujeira e eu acho que ele não toma banho faz algum tempo". O chinês voltou a cutucar a sola do pé e falou, sem olhar para Sem-Graça.

— Cinco leais.

A moça pegou o dinheiro da bolsa, depositou sobre a mesa e seguiu para fazer as compras do domingo.

O livro: Sem-Graça tirou as notas amassadas da bolsa e chamou o dono do mercadinho, que sacou o lápis da orelha esquerda e fez a conta.

— Dois tomates, um pacotinho de sal, um maço de salsinha, três ovos, margarina e três pãezinhos. — Sem-Graça fez um gesto com a mão batendo no bolso como se tivesse esquecido algo. "Ah, o livro! Ficou na loja do Dong!" Pagou a conta e refez o caminho de cá pra lá para reaver o livro.

Dong estava entretido lendo o livro, postado na porta do fundo da loja que dava acesso ao seu cubículo de dormir. "É raro ver a entrada da loja desguarnecida, os craqueiros roubam qualquer coisa na hora da necessidade", pensou ela, que entrou interrompendo a leitura de Dong.

— O senhor Dong está gostando do livro?

— Achando intelessante, muitas palavlas que não conheço. *Delengo? Deandeavamos? Alguém maldou?* Não entendo nada! Pleciso que Glaça explica pala mim. — Dong buscou um segundo banquinho e ambos se sentaram à entrada da loja para lerem o conto. Ela tentava explicar cada palavra para Dong.

— O conto fala do homem que trabalhava como guia de cego. O patrão era um tal Tomé, que um dia apareceu morto. O guia de cego tentou se explicar para o delegado. Acontece que o tal Tomé gostava muito de mulheres, teve uma, teve outra até que se apaixonou por uma dona casada. Ela era muito feia, mas convenceu o guia do cego a mentir sobre a sua beleza. O cego pagava a diária para o guia e a mulher custeava a sua cachaça. Até que ocorreu o crime.

Sem-Graça tentou explicar para Dong que se tratava uma linguagem diferente, que ela mesma estava com dificuldade de compreender na primeira leitura. Dong comentou:

— Gostei da ideia de que os olhos do guia podem fazer a felicidade do cego. Glaça, você pode voltar amanhã com o livlo?

— Pode ficar com o livro. Escolha outro conto e amanhã eu volto.

Realidade: Sem-Graça esperava na fila para usar o banheiro coletivo quando Tobias, o presidente da cooperativa, achegou-se para inesperada conversa ao pé do ouvido.

— Cara amiga, precisamos cortar pela metade o número dos moradores do prédio ocupado. Foi uma imposição do

Ministério Público, enquanto segue o processo para formalizar o nosso direito de posse.

— Mas o que eu posso fazer?

— Eles me deram liberdade para escolher o critério — respondeu o presidente. — Quem sabe não dou um jeito de você ficar entre os moradores. Te procuro hoje à noite, pode ser?

Sem-Graça saiu de casa ao entardecer com a sua mochila e foi procurar Dong, que ouviu a história. Dong ofereceu um espaço no seu cubículo de dormir. — Eu durmo na loja. — E saiu para comprar alguma comida pronta.

Graça se viu sozinha em meio a cuecas sujas, meias furadas, um vaso sanitário entupido e muitas baratas em festa. Arregaçou as mangas e fez o possível. Ao final da limpeza colocou um monte de lixo dentro de um saco e abriu a porta da loja para depositar sobre a calçada. Dong voltou com duas marmitas e refrigerantes, entrou e olhou admirado para o novo ambiente, enquanto Graça se banhava.

O jantar foi recheado por muitas risadas e debates sobre o cego Tomé e sua linda amada, feia aos olhos dos que enxergavam.

— Depende do ponto de vista — falava Graça.

— Pala Tomé, a verdade cliada é a que valia — comentou Dong.

Graça encostou na cama de Dong, e ele estendeu um colchonete na loja, onde passou a noite. Ambos dormiram, cada qual o seu sono. O telefone celular de Dong tocou tarde da noite e uma conversa em chinês despertou Graça. A entonação do chinês não revelava qualquer informação sobre a natureza da chamada. Graça perguntou. Dong respondeu.

– Dono da importadola chinesa arrumou documentos para Dong no Blasil. Sem ele, Dong não pode tlabalhar. Eles quelem mais dinheilo. Dong não sabe se vai ficar no Blasil.

Outro conto: Graça pegou o metrô e seguiu para o trabalho de diarista, levando uma mochila e uma troca de roupas. Duas estações e chegou ao apartamento da viúva. Sem conversa, limpou os banheiros, os três quartos, seguiu para a cozinha e passou aspirador na sala. A viúva puxou assunto:

– Graça, hoje você está mais silenciosa do que de costume.

– Mas não ouviu resposta. A viúva tentou conversar novamente, mas Graça sonhava lavando os pratos.

Deu 15 horas, Graça tomou um banho e trocou de roupa. A patroa olhou admirada e exclamou:

– Vestido novo? Alguma festa?

– Bem que eu queria. Vou voltar para casa – respondeu a moça.

Graça recebeu o pagamento pela diária trabalhada e seguiu para a estação. Duas paradas e estava perto da loja do Dong, que a esperava, sentado no banquinho à porta da loja.

– Escolheu outro conto?

– Glaça, eu achei um conto que fala de um chinês. Entendi menos do que o conto de ontem. Dong acha que vai ser difícil explicar.

Ela se aproximou, tomou o livro nas suas mãos e encontrou o conto escolhido: *Orientação*.

– Vamos ler juntos, são só duas páginas – falou Graça, sentindo um cheiro de lavanda e percebendo que Dong estava barbeado e de banho tomado. Dong trouxe outro banco e a convidou a sentar.

— A senhola usa saia nova. Não dá pala sentar no banco baixinho, né? Dong vai buscar cadeila. — Juntos leram a estória de Joaquim, Quim, ou ainda, Yao Tsing Lao, que zelava pelo sítio do patrão em algum lugar das Minas Gerais de Rosa, até que virou dono. Travou amizades e sentiu o tempo passar. Graça teve que explicar os termos, como: *Esperar é um à-toa muito ativo*. Dong gostava, ria, mergulhava e sonhava com o chinês de Minas Gerais. Entendeu que Quim gostou de Lita, feia, mas bonita aos seus olhos. Chamou a atenção de Graça para outra mulher feia no conto de Rosa. Riu com o termo *felizquim*. Era Quim feliz em uma só palavra. Mas Dong entristeceu quando Lita e Quim brigaram e ele abandonou a chácara. Desapareceu. Ela se arrependeu, derramando lágrimas especiais. Algumas marcas ficaram, demonstradas no andar de Rita, de passo enfeitadinho. Graça interrompeu a leitura, quando um cliente parou à porta, mas Dong ignorou e respondeu:

— Acha que Lita vai encontlar Quim novamente? — Graça interrompeu para avisar que os craqueiros estavam rondando a frente da loja, desguarnecida. Dong ignorou também os craqueiros. Leram, conversaram, comeram as marmitex compradas no bar da esquina. Dormiram.

O dia seguinte era domingo. Dong quis fechar a loja e passear com Graça pelo Minhocão, ouvindo os cliques dos craqueiros e desviando dos cobertores espalhados pelo chão. Em certo momento, perguntou:

— E se Lita e Quim tivessem um filho?

O Benfeitor de Santa Clara

Vestido vermelho: Solange pisava leve. Cuidava para que seu passo não fizesse ruído, não movesse uma pedra de lugar nem uma folha que estivesse caída na calçada. Só não conseguia passar anonimamente pela frente do bar de onde era observada, de cima para baixo e de dentro para fora, pelos três frequentadores habituais. Conheciam cada um dos vestidos, por ela alinhavados e cosidos, desenhados para cobrir suas pernas e deixando apenas os tornozelos à mostra.

— Vinte e oito, ou talvez trinta — palpitava um, enquanto o outro argumentava:

— Que trinta o quê! Deve ter mais de quarenta!

O terceiro só observava, guardando para si os comentários. Naquela manhã, o ritual se repetiu segundo o protocolo. Os copos de cachaça foram largados sobre o balcão e fez-se silêncio quando Solange passou pela calçada do outro lado da rua, a caminho da loja de roupas femininas. Morena, cheia de carnes, mas com os tornozelos finos. O corpo insistia em marcar os modelos mais recatados, para alegria da audiência.

Solange entrou na loja, de onde saiu acompanhada pela balconista. Olharam a vitrine e ela apontou para o vestido

ACERBA DOR   175

vermelho com uma rosa azul aplicada na altura dos quadris. Entrou na loja, permaneceu por algum tempo e saiu fazendo o caminho de volta. Ao passar em frente ao bar, o alto-falante postado na torre da igreja anunciou a morte de um citadino. Os três observadores tiraram os respectivos chapéus da cabeça e os levaram ao peito em um rápido sinal de respeito, que durou apenas até a passagem de Solange. Os copos foram novamente deixados sobre o balcão, enquanto os pensamentos fluíram livres e impunes.

Passados três dias, no mesmo horário, quando o sol ainda não tivera tempo de esquentar as pedras da rua, Solange voltou a desfilar diante dos três copos depositados sobre o balcão já com cachaça pela metade, enquanto ela seguiu com o passo recatado, saia preta a cobrir-lhe as pernas e andando como de costume, a furta-passo. Entrou na loja, permaneceu por quinze minutos e fez, sorrindo, o trajeto oposto, abraçada a um pacote volumoso. Os copos se agitaram nas mãos dos três senhores quando Solange passou a caminho de casa. O andar mudou de estilo, agora fazia um movimento ritmado, os pés se cruzando como que desfilando em uma passarela. Nos lábios, um sorriso. O vestido negro, o mesmo de todos os dias, parecia ainda menor que de costume. Ao passar, Solange olhou para dentro do bar surpreendendo os três cidadãos. Como crianças pegas com a mão na botija, tentaram, sem sucesso, dissimular que a estavam a observar e tiraram o chapéu em cumprimento. Assim que Solange ultrapassou os limites do bar, os três viraram a cachaça goela adentro.

Subindo a serra: O carro cruzou a estrada e subiu a serra em direção à cidade de Santa Clara. O caminho de chão e a secura de julho faziam a poeira flutuar por instantes antes de deitar no leito da estrada. Ao volante, doutor Ivo repetia as operações executadas mensalmente desde que iniciou o atendimento ao povo da cidadezinha encravada nas montanhas de Minas Gerais.

Tudo começou quando o recém-formado cirurgião dentista retornou a Piranguinho, sua cidade natal, onde plantou um consultório, com incisiva e condicional ajuda paterna. Fazendeiro de muitas reses, seu Otaviano, pai do doutor Ivo, garantiu-lhe um mais do que digno início de profissão. O filho logo percebeu a dependência implicada no arranjo, mas não manifestou insatisfação, preferiu o conforto passivo ao enfrentamento com o velho Otaviano. Tudo indicava um futuro promissor para o profissional liberal, também herdeiro de algumas fazendas de leite e café.

O relacionamento com Santa Clara foi mero acaso. Um dos raros amigos da época da faculdade o convidou a passar alguns dias em uma sitioca ao pé da serra da Mantiqueira, de onde se podia avistar o vale do rio Sapucaí, encoberto pelas nuvens baixas do inverno. Assim conheceu Santa Clara, a cidade onde resolveu colocar um consultório para atender a população carente, o que lhe reforçava a reputação nas cidadezinhas do vale.

Mãos postas na direção, Ivo lembrou os anos passados no prédio da Rua Três Rios, onde funcionava a Faculdade de Odontologia da Universidade de São Paulo. "Por onde andariam os meus colegas da república de estudantes, com quem dividi aqueles anos de juventude e boemia paulistana, todos com as mesmas raízes em Minas Gerais?"

Ivo foi estudante de comportamento recatado, que fazia contraponto aos colegas, assíduos frequentadores da zona de meretrício barato das ruas Aurora, dos Gusmões e dos Andradas. Optou pela vida regrada dos estudos, um vestígio da herança paterna para quem a honra residia em vencer e chegar à frente. O velho não admitia farras, nem desperdícios, fosse de tempo ou de dinheiro. Era um resquício da infância do seu pai, filho de imigrantes italianos que vieram cultivar café, primeiro como empregados e depois como proprietários de uma pequena fazenda de leite e café em Minas Gerais. A fazendola cresceu e se multiplicou em várias propriedades produtivas.

O recolhimento, quase monástico, não fez Ivo tornar-se um aluno brilhante. Pelo contrário, ele passava mediocremente pelos exames. Sem o brilhantismo acadêmico e sem o convívio boêmio, seu isolamento forjou uma pessoa de poucos amigos. Para Ivo, São Paulo significava a libertação do jugo familiar, ao qual voltaria por vontade própria anos mais tarde. Por outro lado, a cidade oferecia um ambiente de chumbo, com tanques militares a circular pelas ruas e com o desaparecimento de colegas ativos no movimento estudantil.

De nada adiantou a fuga de Minas Gerais. Ivo substituiu o cabresto doméstico pelas rédeas da ditadura. Acomodou-se conivente ao paternalismo que se cristalizou no país. Sem a liberdade e a autonomia desejadas, concluiu os estudos. Perdida a doce vida do interior, onde conjugava o assédio das meninas casadouras com a experiência na casa de Anita, respeitável senhora que dirigia o prostíbulo com o esmero necessário para torná-lo protegido dos males do mundo, o que lhe restava era enfrentar a vida profissional. Cuidaria de dentes, bocas, maxilares, faria profilaxias, trataria as periodontias e faria milhares de obturações e próteses.

Homem maduro, herdou as fazendas e as contas bancárias do pai, que só depois de morto parou de fazer exigências. Agora, Ivo dirigia pela estrada de terra batida serra acima, anos depois de ter se formado cirurgião dentista e de ter como paraninfo um ministro militar que anunciou um discurso de três horas, pregando as maravilhas e milagres que os brasileiros estavam a construir. O ministro militar pregara em alto tom:

– Nunca antes na história deste país fomos tão felizes. A renda dos brasileiros e a demanda pelos serviços médicos e odontológicos aumentarão e vocês terão o futuro garantido com noventa milhões de bocas para cuidar. – Ivo lembrou-se dos aplausos que se seguiram.

Décadas mais tarde, Ivo estava na estrada tal como fazia todas as últimas sextas-feiras de cada mês. O benevolente doutor com quem todos simpatizavam recebeu uma homenagem da Câmara de Vereadores de Santa Clara. A regularidade com a qual mantinha a atividade surpreendia os moradores, que se maravilhavam com isso. Chovesse ou fizesse sol, lá estava o doutor tratando das bocas da comunidade a preços simbólicos, na maioria das vezes apenas um agradecimento. Ivo conhecia o dia a dia miserável do povo santa-clarense tanto ou mais do que o pároco. Na festa anual da cidade recebeu um diploma de gratidão pelos serviços prestados à comunidade e agora era distinguido com o título de Cidadão Honorário, pela primeira vez atribuído pela Câmara dos Vereadores.

ACERBA DOR   179

Bastava subir a serra para que doutor Ivo deixasse a mediocridade e caminhasse em direção à glória.

Afrodite: Quando o carro fez a última curva e embicou na entrada da cidade, o sino da igreja dobrou cinco vezes. "O sol se deita cedo nesta época do ano, por trás dos pinheirais que resistiram ao assalto da serraria devoradora de matas", pensou doutor Ivo, que muito à vontade dirigiu pela cidade com o propósito de ser reconhecido pelos habitantes da pequena Santa Clara. No caminho, parou o carro ao encontrar seu Zé da Neca e logo foi avisando que tinha trazido a prótese, pronta para ser provada. Gritou sem sair do carro:

— Passe pelo consultório antes das oito horas, não se esqueça, marque com a Carmem.

Subiu a ladeira na direção da praça da Igreja Matriz. Procurou que procurou, mas não encontrou sinal da estátua de Afrodite. "Parece que tiraram a Afrodite do local que ocupava bem no centro da praça." Lembrou-se de ter encomendado a escultura a um artista amigo, com a intenção de doar para a cidade. Sugerira os detalhes da obra. Quis que os cabelos fossem longos até a cintura, os braços levantados, um véu transparente deveria cobrir-lhe um seio e cair ao longo do corpo até cobrir parte dos pelos pubianos, e tinha feito questão de certo exagero calipígio. Queria que a escultura transpirasse luxúria e sensualidade. O artista conseguiu o objetivo, mas onde estaria a sua Afrodite?

Estacionou o carro ao lado da Igreja da Matriz e seguiu na direção da casa paroquial, onde encontrou o padre Lucas, jovem pároco recém-chegado à cidade.

– Olá, padre! Como vão os serviços para o povo desta paróquia?

– Bem, meu filho, muito trabalho e poucos recursos. Talvez o senhor possa fazer uma doação. – Ivo aproveitou a resposta para indagar sobre o paradeiro da estátua.

– Doações eu tenho feito. Por exemplo, eu doei uma escultura de Afrodite para a cidade. O senhor teria, porventura, alguma ideia sobre o paradeiro da estátua que ficava ali no centro da praça? – O pároco olhou para o vazio que ficou no lugar da escultura e respondeu:

– Meu filho, o povo anda dizendo que o prefeito desgostou da estátua porque mostrava os seios de uma deusa pagã. Aqui entre nós – falou se achegando ao pé do ouvido do doutor Ivo –, andaram falando e dizendo que o prefeito mamava nas tetas do governo e que o povo até apelidou a estátua com o nome da sua mulher.

Doutor Ivo fez que entendeu, despediu-se do padre e seguiu na direção da Prefeitura à procura de Carmem, filha de dona Antônia, que cuidava do posto telefônico. Entrou na pequena sala sem se anunciar. Carmem em sobressalto escondeu o livro que tinha nas mãos sob a escrivaninha e cumprimentou o doutor, que lhe pediu que telefonasse para cada um dos pacientes agendados. Carmem prometeu fazer os telefonemas imediatamente. Ao sair, Ivo topou com o prefeito, que o abraçou com tapas nas costas, como velhos amigos. O doutor, ainda ressabiado, aproveitou para perguntar:

– Prefeito, que mal lhe pergunte, o senhor tem ideia do paradeiro da estátua de Afrodite, aquela que eu doei para a municipalidade?

— Estátua? Ah, sim, a estátua. Pois não é que tiraram do lugar? Ouvi dizer que foi coisa do padre, que acha que aquilo nada tem a ver com a fé do povo daqui. O povo anda falando que o padre acha que a estátua é pornográfica. Acho que foi ele quem mandou tirar a dita cuja da praça. Posso mandar averiguar, abrir uma sindicância administrativa, se o senhor julgar necessário...

As chaminés e os telhados das casas formavam um cenário bucólico que se somava aos aromas da lenha queimada nos fogões funcionando a pleno fogo. O estômago do doutor Ivo reclamava pela refeição a ser servida por dona Antônia, cuja casa, no quarto dos fundos, abrigava o consultório dentário. Por alojar o consultório, dona Antônia desfrutava de certo status com a comunidade local, além de cuidados odontológicos gratuitos, e Carmem ainda faturava uns trocados fazendo bicos para o doutor.

Ivo parou o automóvel defronte da pequena casa e desembarcou. Esticou as pernas e entrou na casa chamando por dona Antônia, que correu para cumprimentá-lo.

— Dona Antônia, o que aconteceu com a estátua da praça?

— Eu não sei, mas sei o que andam falando por aí. Alguns acham que foi bom o sumiço da mulher com as tetas de fora, bunda grande e com cara de sem-vergonha. Alguns começaram a falar que o prefeito mama nas tetas do orçamento e deram o nome da primeira-dama para a escultura. Outros acharam um atentado contra a memória da cidade. Cada um diz uma coisa, sei lá. Só sei é que fiz uma comidinha para o senhor ganhar sustância antes de começar a trabalhar.

"Mas onde foi parar Afrodite?", pensou Ivo enquanto vistoriava o consultório, antes de tomar assento para o jantar.

O consultório: Doutor Ivo inspecionou o consultório preocupado com a assepsia do lugar. A cadeira de dentista era de ferro fundido e datava de 1940, mais lembrava uma cadeira de barbeiro. O encosto estofado tinha o couro desgastado pelo uso, o espaldar com dois ajustes para o conforto dos pacientes. Para a cabeça, dois apoios à semelhança de um par de fones de ouvido, porém mais justos. O descanso para os braços era de madeira. À direita do paciente ficava uma pequena mesa de comando com botões redondos e indicadores com ponteiros que algum dia se moveram, permitindo o controle do funcionamento do equipamento. No lugar das brocas, buracos. Alguns botões inativos e interruptores engripados completavam a configuração do que fora um painel de comando. Um braço vertical segurava uma lâmpada incandescente, sem qualquer anteparo para proteger os olhos dos pacientes. Um segundo braço terminava em uma plataforma para o repouso dos instrumentos. O terceiro braço apoiava um recipiente de plástico redondo, que fazia às vezes de uma cuspideira alimentada por uma mangueira fina acochada a uma torneira que gotejava continuamente. Sobre a pia, uma lamparina acesa aquecia uma vasilha de metal com água para esterilizar os instrumentos.

Havia duas tomadas improvisadas na parede e uma janela basculante de ferro que emoldurava os vidros foscos. A janela revelava a imagem borrada das pessoas que estavam do lado de fora. Se aberta, permitia avistar a horta e o pomar, onde se destacava a copa de um generoso limoeiro que nascia no quintal vizinho e teimava em frutificar para o lado de cá do muro. Duas mesas de fórmica completavam a mobília, mais um sofá-cama que servia para o repouso do dedicado doutor e uma mesa de apoio para Carmem, filha de dona Antônia, que organizava as fichas dos pacientes.

Ivo verificava se os equipamentos estavam prontos para o uso quando ouviu o chamado de dona Antônia:

— Doutor Ivo, a mesa da refeição está posta.

Os pacientes: Os pacientes atendiam ao chamado de Carmem. Chegavam aos poucos na frente da casa de dona Antônia. Carmem ajudava a organizar uma fila que começava no corredor externo que ladeava a casa e seguia pela rua. Alguns pacientes vinham de longe, das fazendas de difícil acesso na região, na maioria eram pessoas simples para quem o doutor Ivo significava a única assistência de saúde. Não se importavam com a qualidade do trabalho, nem com as condições dos equipamentos, queriam mais era encontrar o doutor. A condição dos equipamentos permitia, se tanto, fazer extrações e obturações superficiais. As próteses, doutor Ivo mandava fazer em outra cidade, quando os pacientes podiam arcar com o custo. Não havia uma broca manual funcionando que permitisse fazer restaurações. Ele sabia que nada substituía o alívio trazido pelo alicate para quem sofria com as dores de dente. Extrações, era o que mais fazia. O início dos trabalhos ocorria logo após a refeição. As fichas estariam todas preparadas e ordenadas por obra de Carmem. Chegando ao posto, Ivo perguntou em ritual previsível:

— Tudo certo com as fichas?

— Como sempre, doutor — respondeu Carmem.

— Quantos pacientes temos hoje?

— Temos seis. Não sei se o senhor vai ter tempo para atendê-los.

— Tempo se arranja. Carmem, fale os nomes deles.

— Deixe eu ver. Seu Cantídio, dona Veridiana, seu José Lúcio, seu Benedito Costa da Maninha, seu Zé da Neca e — pronunciou baixinho — a dona Solange Araújo.

— Ah... Dona Solange está na lista? Não sei se ouvi bem.

— Sim, Solange Araújo — respondeu Carmem, ordenando as fichas e pensando. "Bem que eu podia ser a última paciente." — Coloquei a ficha dela por último, como sempre faço.

— Ótimo, então vamos ao trabalho.

Vestido preto, vestido vermelho: Solange fez o trajeto da casa ao consultório. Ao passar pelo bar, foi avistada pelos três observadores de sempre. O primeiro comentou:

— Para onde ela vai com o andar assim apressado, carregando aquele embrulho?

O segundo retrucou:

— Não parece apressada, ela parece que está é atrapalhada. E eu acho que nós já vimos aquele embrulho.

O terceiro, vendo a direção definida pela passante, decretou:

— Ela está indo é ver o doutor. Vai curar alguma dor.

Solange chegou na casa de dona Antônia trajando o vestido preto a cobrir-lhe as canelas, trazendo nos braços o tal embrulho. A penúltima paciente ainda era atendida e Carmem, sentada à escrivaninha de fórmica, lia um livro colocado sobre o colo. Entretida, não percebeu a presença de Solange.

— Lendo para a aula de literatura? — perguntou Solange. Carmem, em movimento rápido, fechou o livro e o enfiou sob uma pilha de papéis sobre a mesa.

ACERBA DOR 185

— Não, não é para a aula de português, foi presente de uma pessoa — disse Carmem.

— Eu vim direto do trabalho e não tive nem tempo de trocar de roupa. Posso usar a toalete para me trocar?

— Claro que pode, vou examinar se está tudo em ordem. — E saiu um momento da sala, tempo suficiente para Solange levantar os papéis para ver o livro camuflado. Carmem tirou os trastes da toalete e voltou para o consultório. — Agora pode entrar, está arrumado.

Solange tomou o pacote nas mãos e seguiu para o banheiro, de onde saiu trajando o vestido vermelho com uma flor azul na cintura e uma abertura lateral que mostrava as suas coxas a cada passo que dava. Carmem, olhando espantada, disse:

— Gostei da cor e da flor na cintura. Acho que quem te olhar vai apreciar. Pode entrar, que o Zé da Neca já foi atendido. Ah, na saída pode usar a toalete para trocar de roupa — ironizou.

— Obrigada, querida. Ah, apreciei muito o livro que você está lendo, entre todos os do Dalton Trevisan, esse é o que eu mais gosto, *A Polaquinha.*

Assim que Solange entrou no consultório, Carmem correu para o quarto. O doutor Ivo organizava os instrumentos e ajustava o encosto da cadeira com cuidado. Ao vê-la, derrubou as espátulas, já esterilizadas, no chão:

— Boa noite, dona Solange. Esperou muito?

— Não, doutor. Não mais do que nos outros dias — respondeu sem olhar diretamente nos olhos de Ivo.

— Não quer sentar-se? — perguntou Ivo, olhando para o vestido de Solange que mal continha as carnes da moça.

Com passos medidos Solange dirigiu-se para a cadeira. Os movimentos indicavam certa intimidade. Tudo era familiar. Os movimentos lentos de Solange não combinavam com a respiração arfante que lhe fazia ressaltar um rubor na face. Ao sentar-se, o vestido vermelho mostrou a sua coxa, que ela demorou para cobrir, fingindo esforço, enquanto procurava uma posição na cadeira. A flor enorme na cintura atrapalhava a aproximação de Ivo, que trazia os instrumentos esterilizados.

Ivo tentava se concentrar no trabalho, mas não conseguia controlar o tremor nas mãos, o que fez que deixasse cair por duas vezes as espátulas no chão. Sem trocar uma palavra com Solange, se esmerava no tratamento da moça, que vez ou outra reclamava de uma dor com gritos curtos e agudos, ou um levantar de mãos. Ivo pediu licença, removeu a flor azul e desabotoou o vestido de Solange. Ele, trêmulo, e ela, arfante, misturaram os olhares, respirações e corpos, deixando o silêncio no seu rastro, só quebrado pelo tinir dos metais e pelo barulho da água que gotejava da torneira.

Pela janela de ferro serrado que emoldurava os vidros foscos, era possível ver o vulto de Ivo, debruçado sobre Afrodite, a trabalhar calado.

Esta obra foi composta em Bembo Book e
impressa em papel pólen soft 80 g/m² para
Editora Reformatório em fevereiro de 2017.